尋找幸福的1/2

星子 著

目錄 Contents

楔子 00

從半山腰的地方微微仰起頭，天空星點密布，猶如都市燈海。放低了視線，底下密密麻麻的樓宇街道，燈火通明，又彷若絢麗銀河。

幾條山道上停滿了汽車、機車，這地方是市郊一處著名的觀夜景點，這晚是西洋情人節，隆冬的深夜冰寒徹骨，但一對對的情人偶爾凝視對方的眼神裡，卻又包藏著像是能夠燒融天地般的炙熱紅火。

在每一年的每一個夜裡，一個又一個的海誓山盟、一句又一句的今生今世，都在這個地方，以及任何地方誕生。

每一個誓言、每一個承諾，都有如無形的煙火打上空中，在他和她的心裡炸出了燦爛的火花。

在這一刻，那誓言和承諾似乎必然成真——

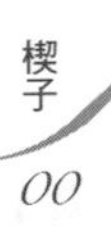

「妳看，那是織女星，那是妳；那個是牛郎星，是我。」

男人摟著女孩的肩，另一手指著天際這麼說。

「今天又不是七夕，今天是西洋情人節耶，傻瓜。」

女孩一點也不畏懼迎面吹來的呼呼冷風，更對於周遭一對對和他們動作相似的情侶們視若無睹。

「現在全球化了，牛郎織女在天上也過西洋情人節啊。」

「又在鬼扯了……而且我才不要像牛郎織女一樣，他們好久才能見一次面，我們現在不就在一起了嗎？」她將大半張臉都埋在男人的胸口上，嬌嗔說著：「我們每天都要在一起，永遠也不分開。」

「是啊，永遠也不分開——」男人故作神秘地假裝取菸，卻從口袋裡掏出一只紫色絲絨小盒，輕輕揭開，裡頭是一條銀色手鍊，手鍊的墜飾是一只貝殼。

「啊——」女孩輕輕驚呼一聲，推了推粗框眼鏡，像是想要將那純銀小貝殼看得更仔細。

男人將手鍊掛上了女孩的手腕，但他旋即將那銀色貝殼其中一半，摘了下來。

「啊！」女孩一瞬間還不明白發生了什麼事，還以為貝殼壞掉了，但跟著她見到男人從自個兒的胸口也掏出一串銀項鍊，將那摘下的半邊貝殼繫上銀鍊，這才明白了男人一連串盡在不言中的動作。

「一半在妳身上，一半在我身上，合在一起，是什麼啊？」男人將女孩摟得好緊，任由她的眼淚沾濕自己的羽絨外套。

「是貝殼……」

「再猜。」

城市裡大大小小的情人節活動紛紛展開，一枚枚煙火打上天際，夜空頓時成了五彩繽紛的萬花筒。

各式各樣的聲響交織成一片歡樂且感動的大樂章——

有一陣一陣煙花飛梭聲和一聲一聲的響亮爆破聲；

有此起彼落的讚嘆聲和歡呼聲；

有勇敢大聲告白立誓賭咒愛對方一生一世的呼喊聲和眾人鼓掌聲。

女孩對周遭吵雜聲響充耳未聞，而是將頭埋在男人胸膛更深了，一面笑著，一面拭淚，吸著鼻子，夢囈般地說著話。

「是幸福……是永遠……是我們……」

01 東西不見了

清晨時分，小巷子裡安詳寧靜，矮牆上伏著的瘦貓，慵懶地瞇著眼睛打盹。

小男孩急匆匆地捧著一只青綠色的塑膠小盒，東張西望地轉入這條巷子，他停在一處樸素的透天三層公寓前，認真盯著斑駁脫色的紅漆木門上的門牌號碼，像是在確認什麼。

門半敞著，小男孩輕輕推了推門，探頭往裡面張望，他卻不知道自己這樣的動作，立刻引起了院子裡「肚皮」和「瘋子」的注意。

「肚皮」是隻半歲大的小雜種狗，一身土黃色毛，四隻爪子卻是白色，像是穿了四隻白襪子，牠本來在院子裡一株小樹下和自己的尾巴捉迷藏，一瞥見門外有個小男孩賊頭賊腦地想要進來，便停下了動作，歪著頭盯著小男孩。

「瘋子」則是隻六歲大的吉娃娃狗，正甩著舌頭追著蝴蝶跑，一見門外的小男孩，

立刻便神經質地吠叫起來。「吼汪汪汪吠——」

「瘋子，別叫——」一個老先生穿著睡衣睡褲，提著一只澆花水壺，從院子另一邊走出，斥退了朝著大門方向不停亂叫的瘋子，他望了望大門外那小男孩，問：「小弟弟，你找誰啊？」

「這……裡是動物醫院沒錯吧？」小男孩捧著塑膠小盒，望著老先生問：「我姊姊說這裡有在幫動物看病……」

老先生搔搔頭，一面替院子裡的盆栽澆水，一面回頭對那小男孩說：「小弟弟，現在還早，還不到看診時間吶。」

「可是……」小男孩愣了愣，但仍沒有離去的意思，他看了看手上的塑膠小盒，露出哀求的神情。「可是我的鼠受傷了，流好多血，快要死掉了……」

「倉鼠啊？」老先生瞥了瞥小男孩手中那塑膠小盒，一面繼續澆水。

「嗯……」小男孩點點頭，捧著塑膠小盒踏入大門，他見老先生沒有趕他，便又大著膽子往院子走了幾步，將塑膠小盒捧到了老先生面前。

老先生望了望小男孩手裡的塑膠小盒，只見到裡頭有一隻鵝黃色的小倉鼠，靜靜伏在紙盒子裡，緩緩地理著毛、舔舐著毛上的斑斑血跡。

「跟其他老鼠打架受傷的？」老先生望著小男孩。「是不是把老鼠養在一起？」

「嗯……但是牠們平常都很乖，都相親相愛，不會打架呀……」小男孩呆愣愣地說：「今天早上我姊姊發現老鼠流血了，叫我起床，叫我趕快帶老鼠來看醫生，她說這裡有一個很厲害的神醫。」

「……」老先生翻了個白眼，冷冷地說：「我不是神醫，我只是普通的獸醫。」老先生這麼說，又望了小男孩手上的紙盒一眼，說：「你知不知道你養的是什麼鼠？」

「是楓葉鼠……」小男孩點點頭。

「小弟弟，你養的這隻鼠，是加卡利亞倉鼠，大部分的倉鼠都是獨居動物，不能養在一起。你姊姊說我是神醫，神醫再厲害，也沒辦法阻止老鼠打架，我幫你治好了，你又放回原來的籠子裡，讓牠們繼續打，那我不是白醫了？」老先生繼續澆著水，斜眼望著小男孩。

「那……那……」小男孩莫可奈何地說：「我回去會跟姊姊說，要她再買一個籠子，不讓牠們住一起了。」

「嗯……」老先生聽小男孩這麼說，這才放下手中的澆花器，伸手接過了小男孩手中的塑膠小盒，帶著小男孩往公寓客廳方向走去。這間看來像是一般民居的透天公

寓建築，正是這小鎮上唯一的一間動物醫院——「寧記動物醫院」。

一旁的肚皮和瘋子互看了一眼，便也跟在小男孩身後，一同走入被當成診療室使用的公寓客廳。

小男孩回頭，見肚皮和瘋子吐著舌頭，交頭接耳，他可不知道，肚皮和瘋子正對著自己品頭論足呢——

「這臭小鬼怎麼回事，一大早就來煩老醫生！」瘋子翻著耳朵、吐著舌頭，對著小男孩擺出各種威嚇神情，但小男孩看在眼裡，只覺得這小吉娃娃，挺神經的。

肚皮年紀比瘋子小了不少，但性情倒是沉穩許多，牠搖了搖尾巴，安撫著瘋子。「別這樣，你會嚇著人家，他帶小鼠來看病，他不是小偷。」

「小鼠！我最討厭小鼠了，那些小鼠一天到晚在那邊碎碎唸，牠們一直、一直、一直不停地罵髒話！」瘋子氣急敗壞地抱怨，還仰頭望著客廳裡矮櫃上的那三只籠子，裡頭分別養著三隻倉鼠。

三隻倉鼠當中，褐黑毛色的叫作「黑毛」，黑毛隔著兩道鐵欄，怒火沖天地向對面那毛色較淺的「咖啡」大吼怒罵；而咖啡則是氣定神閒地倚著欄杆，一爪抓著一枚麥片，有一口沒一口地吃著，在黑毛怒罵換氣的空檔，便回上幾句低俗下流的髒話，

將黑毛激得更怒。

第三只籠子裡的「阿呆」是淺灰色毛，牠並不常和另兩隻鼠隔籠吵架，而是自顧自地捧著葵瓜子，窩在角落大快朵頤。

「咦？老醫生，你也有養老鼠啊？」小男孩經過那矮櫃，好奇地停下來，望著黑毛和咖啡隔著籠子欄杆互罵。自然，倉鼠之間那些叫囂話語，聽在小男孩耳裡，便只是一些嘰嘰喳喳的鼠鳴聲，夾雜著咬籠子欄杆時發出的啃噬聲。

「不是我養的。」寧老醫生沒好氣地說：「是一些沒有責任感的小孩，看人家養，覺得好玩也想養，養沒幾天，膩了，不想照顧了，放在門外，被我撿回來的。」

「原來是這樣。」小男孩吐了吐舌頭說：「我不會亂丟，我會好好養牠。」

辦公桌旁立著一個籠子，裡頭是一隻九官鳥，九官鳥一見寧老醫生走來，便張開了嘴，嚷嚷叫喊著：「看病！看病！」

「你沒病。」寧老醫生哼了哼，托著塑膠小盒子，來到診療桌旁，將小盒擺上桌，再從一旁櫃子中取出藥水和棉花棒。

「你這隻鼠叫什麼名字？」寧老醫生從塑膠小盒裡取出那隻遍體鱗傷的小倉鼠，捏著牠的後頸皮，熟練地將之拎起，翻看檢視著牠身上的傷口，以棉花棒沾染藥水，

替小倉鼠的傷口消毒。

「布丁。」小男孩答，那是隻俗稱「布丁鼠」的加卡利亞倉鼠。

寧老醫生一面替布丁檢視傷口，一面喃喃地說：「這種小老鼠，本來生活在很遠的地方，整片大地都是牠們的家，牠們一天會跑上十幾公里，把路上找到的食物通通塞進嘴巴，藏進嘴巴兩邊裡頭的囊袋，就像是個活動小倉庫，所以叫作倉鼠。」

「嗯。」小男孩點點頭。

寧老醫生熟練地替布丁處理了傷口，將牠放回塑膠小盒，叮嚀著小男孩：「你要記住，動物不是玩具，牠們是活生生的生命，牠們除了吃飯睡覺大小便之外，也會開心、也會難過，也會感到害怕跟痛苦。

「每一隻寵物，都不是自己偷溜進主人家裡，然後兕巴巴地威脅主人養牠一輩子，而是那些主人們覺得好玩、覺得可愛，覺得寂寞甚至是想要泡妞把馬子，而將那些動物帶入了家裡。很多動物因為這些理由，被帶離了故鄉，帶到很遠的地方，住在小小的籠子裡，一代一代地人工繁殖下去。當你決定要養牠們、當牠們的主人的時候，你除了每天看看牠們、跟牠們玩之外，還有義務和責任，要使牠們過得舒適快樂，這就是好主人跟壞主人的差別。」寧老醫生這麼說的同時，指了指小櫃上的三隻倉鼠、又指了指桌邊的九官鳥、玻璃缸裡的烏龜，和伏在地上的肚皮和瘋子。

「牠們以前的主人，都是壞主人，你後面那隻吉娃娃，以前被主人虐待，不給牠東西吃，還打牠，牠的後腿有點跛，是被舊主人打斷的；吉娃娃旁邊那隻小狗，在剛生下來的時候，就跟兄弟姊妹一起被包進垃圾袋，丟在垃圾桶裡面，被救出來的時候，只剩牠還活著。」老醫生這麼說著。

「是喔……」小男孩回頭，望了伏在地上的肚皮和瘋子一眼，也不知道將老醫生的話，聽進了幾成。

「討厭啦，老醫生幹嘛講人家以前的事啦！好害羞，害羞死了汪吼！」瘋子在地上亂扒起來，扭扭捏捏地滾到了椅子底下，生起了悶氣。

肚皮則懶洋洋地趴在地上，歪著頭聽寧老醫生和小男孩之間的對話，寧老醫生又叮嚀了小男孩一些倉鼠的生活習慣和飼養方法，也沒收他醫藥費，反倒要他拿姊姊準備好的醫藥費，去大賣場挑個大塑膠箱子，好讓這隻叫作「布丁」的小倉鼠獨自生活。

「記住，下不為例喔，以後要養動物，一定要準備好了才養，知道嗎？」寧老醫生送小男孩到了院子門口，還送他一小包倉鼠飼料，和一套二手的倉鼠滾輪與水壺。

「嗯。」小男孩望著懷中的塑膠小盒子，點了點頭，和寧老醫生道別。

瘋子從椅子底下又鑽了出來，望著院子裡老醫生的背影，嚷嚷起來：「又沒給錢、又沒給錢！這附近的死小鬼把我們這裡當成慈善總部啊，真是可惡到家了汪吼！」

肚皮抖了抖耳朵，扒扒腦袋，懶洋洋地說：「是老醫生不跟他收錢的，反正老醫生本來就要退休啦，又沒差，你那麼生氣幹嘛？」

「我不能生氣啊，我就生氣怎樣！」瘋子瞪大了眼睛嚷嚷著。「老醫生本來都要退休了，都是那些臭小鬼、臭客人、臭動物一直來煩老醫生跟我，煩死了、煩死了！」

的確，寧記動物醫院的招牌在一個月前就拆下了，每日上門的客戶卻仍然不少。

寧老醫生年輕時旅居國外，在知名獸醫院工作過許多年，四十幾歲回到台灣，在市區裡開設了一家動物醫院，擔任院長，聲名遠播。

寧老醫生在六十歲那年的一場大病之後，便將院長的頭銜讓給了醫院裡頭的好友兼同事，但他那些老主顧可不願意就這麼放過寧老醫生，其中不乏政商名流或是演藝人員，在寧老醫生的醫院看診了許多年，就怕寧老醫生一離開，自個兒的愛犬愛貓若是生病受傷，可再也找不到像寧老醫生這麼棒的醫生來幫自己心愛的寵物看診了。

寧老醫生在幾個老主顧合力遊說之下，繼續擔任那家知名動物醫院的榮譽顧問，還在自個兒本來打算長住享清福的透天老家裡擺了些診療設備，充當看診室，繼續執

業，專門服務那些老主顧、老朋友。

這小小的動物診所一開始時也算得上清閒，有時一整天沒有半個客戶上門，寧老醫生也樂得悠哉，偶爾撥幾通電話回市區裡的動物醫院，和接任的院長老友敘舊閒扯，或是接聽幾通老客戶的預約電話，再不然便是替附近出了車禍的傷狗傷貓們進行緊急救治。

這麼一晃眼，又過了十年有餘，寧老醫生已經七十二歲了，但這幾年，這麼個家庭小診所的生意不減反增，每天都有不少客人帶著病犬病貓上門求診，這全是拜網路便利所賜——寧老醫生的細心和專業透過了網路一傳十、十傳百，許多寵物飼主們都知道了這小鎮上藏著一個知名動物醫院裡的榮譽顧問，不僅僅小鎮上的寵物飼主，就連外地的寵物飼主們，都願意花費更多的車資、油錢前來這家不起眼的動物醫院替自己的寵物求診——

「臭小鬼、臭客人、臭動物哪個敢再來煩老醫生，我咬他們！」瘋子從客廳一路罵到了院子，到了樹下扒地，一面罵，一面還亂咬著地上青草。牠那跛了的後腿在寧老醫生兩年前醫治下早已痊癒，但走起路來，動作是怪了些。

「吵死了，從剛剛吵到現在，閉嘴！」樹上一隻紫灰色的貓，尖銳地喝斥起來。

「臭貓，關你屁事！」瘋子仰頭，朝著那隻大貓咧了咧嘴。

「怎麼？」紫灰色的大貓躍下了樹，高挺站著，體型看起來比瘋子還要大了些。

「皮又癢了，想討打是吧？」

「吼汪汪吠嗚嗚——」瘋子齜牙咧嘴地壓低了前身，擺出戰鬥姿勢，左晃晃、右晃晃，一副兇惡猛犬、蓄勢待發的神態，但就是不敢往前半步。早在一年前牠讓這隻大貓痛打幾頓之後，往後每次和這大貓吵架時，便也只敢裝腔作勢了。

「你你你……你以為我怕你啊，我告訴你，我不怕你，我能吃掉你！」瘋子怪叫著，表情兇狠，但卻一面罵，一面又往後退了幾步。

「是嗎？」紫灰色大貓眼睛閃了閃，往前踏了半步，張開嘴巴，弓起背部尖銳地叫了一聲。

瘋子嚇了一跳，氣勢轉弱，又後退好幾步，左右看看，像是在猶豫要趕快逃呢，還是多罵兩句之後再逃。

「老大，不可以喔，你又要欺負瘋子啦？」

一個清脆的說話聲在門邊喊了起來。

本來慵懶趴在地上的肚皮一聽這說話聲，立刻瞪大眼睛，蹦了起來，興奮地往大門方向奔去。

瘋子聽了那說話聲音，也跟著奔去，一面甩著舌頭嚷嚷：「對啊，老大要欺負我了。」

那叫作老大的紫灰色野貓，冷冷地哼了哼，卻也沒要離開的意思，也往大門的方向漫步過去。

走進來的，是一個年紀大約二十歲上下的女孩。

女孩戴著黑框眼鏡，留著一頭及肩中長髮，穿著簡單的襯衫和牛仔褲，雙手端著一只小鍋，手腕上還掛著兩小袋東西。「寧老醫生，這是我媽媽做的滷味，她要我拿來給您當下酒菜。」

「喔，太謝謝啦！」寧老醫生呵呵笑了起來，走上前去接過那小鍋子，揭開鍋蓋聞了聞，忍不住說：「好香啊——」

「佳琪啊，替我向妳媽媽道謝啦！」寧老醫生轉身要將滷味端進屋子裡時，還回頭喝斥著在佳琪腳邊瘋狂繞著圈圈、且不停亂叫的肚皮和瘋子。「一大早別亂叫。」

肚皮和瘋子才不理老醫生，牠們像是要把尾巴搖斷似的，在佳琪身邊蹦著繞著。

「別急呀，你們也有份……」佳琪彎身蹲下，將袋子裡的東西取了出來，擺進樹下的小鐵碗裡，是一些熬得軟爛的大骨頭。

「嘎嘎嘎——」肚皮和瘋子將頭埋在小鐵碗裡，拚命吃著。

「老大，也有你的喔。」佳琪回頭朝著站在遠處的老大招了招手，跟著將另一只小袋裡頭的東西倒在乾淨的小石片上，那是一些燙熟了的碎雞胸肉和魚肉。

老大昂著頭，躍過了吃相如同鬼上身般的肚皮和瘋子，優雅地來到佳琪身邊，用臉頰蹭了蹭佳琪的手掌心，從容地吃起那些碎雞胸肉和魚肉。

「嘿！老大，你上次不是說你不屑吃人類施捨的食物嗎？」肚皮吃得滿嘴滿臉都是爛骨頭渣渣，轉頭問著老大。

「你錯了，這是佳琪小姐對我誠心的邀約，這是一場紳士和淑女的浪漫早宴。對你們才是施捨，你看看你們兩個，從頭到腳、從長相到吃相，就像是一個乞丐跟一個發了瘋的乞丐。」老大不屑地瞥了瘋子一眼，搖搖頭說。

「誰發瘋啊？」瘋子吃得耳朵都翻了面。

佳琪蹲在老大身邊，輕輕拂著老大的毛，老大雖然是隻野貓，但經過寧老醫生結

紮，也定時清潔、注射預防針，平時悠哉亂晃，閒來無事便來老醫生這兒逗弄兩隻笨狗，或是與佳琪「約會」。

「美麗的佳琪小姐，善良的佳琪小姐，妳好久沒唱歌給我聽了，妳的歌喉猶如天籟一般呢。」老大吃完了雞胸肉和魚肉，正舔著爪子，用佳琪聽不懂的語言對她道謝和讚美，牠忽然留意到了佳琪的眼眶微微發紅，不由得愣了愣。「佳琪小姐？」

「抱我！」「摸我！」肚皮和瘋子啃完了骨頭，見到老大一個人獨佔佳琪，哪裡甘願，一左一右地衝了過來，硬擠進老大和佳琪之間，亂滾亂扒，搶著要佳琪摸牠們的肚子。

「喂，你們兩個廢物，別來打擾我和佳琪小姐的早宴！」老大氣呼呼地躍開，弓起了背罵著：「為什麼非要逼我揍狗呢？」

「今天佳琪姊姊是屬於犬科的！」肚皮這麼說。

「吼汪汪汪吠咕嚕嚕呼嚕嚕——」瘋子咧著嘴巴、吐著舌頭，在地上胡亂打滾，硬要往佳琪懷裡竄。

「……」佳琪的目光仍然停留在肚皮和瘋子之間的幾株青草上，像是完全沒有留意到老大和兩隻笨狗彼此間的爭寵打鬧。

「汪？」本來翻著肚子的肚皮停下了動作，站立起來要揍瘋子的老大也放低了貓爪，兀自滾個不停的瘋子，總算也抬起頭，將舌頭縮回嘴裡。

佳琪的態度令牠們感到有些不習慣，或者說，牠們更加習慣藉由彼此叫囂對峙，來獲得佳琪更多的注目和關愛，例如抱開牠們、輪流摸摸牠們的肚子什麼的。

「佳琪呀，今天不用打掃啦，裡裡外外都很乾淨啦，妳只要看著這些狗崽子，如果有客人上門，就叫他們趕快去市區裡的醫院，說寧醫生真的要退休啦，正在大醫院裡培養接班人喲！」寧老醫生換上了襯衫，提著一只小公事包走出診療室，正要出門。

「嗯。」佳琪聽了老醫生的呼喊，這才回神，站了起來，微笑著向老醫生告別。

佳琪的家就在這動物醫院的斜對面，她一家子和寧老醫生不但是老鄰居，且交情匪淺，佳琪那隻最心愛的大黃狗，在十八年前某個初春的早晨，正是由寧老醫生親手接生出世；到了兩年前某個隆冬深夜，老黃狗在這動物醫院裡的病房小窩裡過世，也是寧老醫生親手下葬的。

佳琪的祖父母、外祖父母都過世得早，她便把寧老醫生當成了爺爺一般，她幾乎每天都會來和寧老醫生以及動物們打招呼，有時也會緊急將在路上撿到的傷貓、病狗帶來這兒治療。起初她會自費請寧老醫生替牠們治療，幾次之後，老醫生也不再收她

錢，總是說自己已經退休了、更不缺錢，幫那些傷貓病狗急救一下，也是舉手之勞而已。

而寧老醫生這陣子又想著退休了，他拆下了門外的招牌，關閉了網路上通訊用的部落格，但他總是在抱著病痛寵物的飼主哀求眼神的注視下，屢次搖著頭讓飼主們將寵物抱上診療台。

終於，他那市區動物醫院的接任院長老友替他想出了個妙計，要他這一兩個月來大醫院坐辦公室，親自指導幾個年輕實習獸醫看診，讓那些寧願遠赴這小鎮讓寵物就醫的飼主相信大醫院的設備更佳、資源更好，等一切安排妥當了，便和幾個老友相約環遊世界個一年半載，那些政商名流客人、附近街坊客人，不面對寧老醫生已經退休的事實都不行了。

而此時正是暑假，在寧老醫生的請託下，佳琪也樂於在這自小玩到大的動物醫院裡打工，在寧老醫生前往市區醫院的時間裡，佳琪便負責打掃四周環境，向那些打電話來預約看診，以及直接找上門來的寵物飼主們說明寧老醫生只接受晚間兩小時的預約看診，平時白天可忙著在市區那大動物醫院培育新人呢。

「汪汪！」肚皮叼著一塊抹布，在佳琪背後猛搖著尾巴。

「汪吼——」瘋子和肚皮搶起了那塊抹布。

「不要搶啦，這是讓佳琪擦東西用的！」肚皮含糊不清地說。這陣子附近路面施工，灰塵大，每天佳琪打工的第一件事，便是拿著乾淨抹布擦拭門窗。

「汪吼……布給我！」瘋子知道抹布是要拿來擦窗的，但牠一見到肚皮叼著布，忍不住就是想要去搶。

「好啦——」佳琪望著天空，伸了個懶腰，從肚皮口中接過抹布，見瘋子還死咬著抹布一角不放，便伸手去搔瘋子的肚子，這才讓瘋子鬆了口，乖乖躺在地上讓佳琪摸肚子。

「啊，你好奸詐啊！」肚皮見了瘋子舒服的模樣，氣呼呼地也想要去咬抹布，但佳琪已經站起來，轉身去擦窗了。

她將玻璃門裡外反反覆覆擦拭了七遍還是八遍，跟著再擦一旁的窗，又擦了七遍還是八遍。

「汪……今天佳琪擦窗戶擦好久。」肚皮跟在佳琪身後，左晃晃、右晃晃，就等著佳琪擦完窗，跟著打掃診所裡頭，幫三隻倉鼠和九官鳥整理籠子，幫魚和烏龜整理水缸。

通常在那時候，診所裡頭熱鬧得不得了。倉鼠黑毛、咖啡和阿呆會隔著籠子互相鬥嘴，而且都想要去搶著舔佳琪的手指；九官鳥博士會不停說著牠從電視上看過的電影片段再加上自己妄想交織而成的古怪故事；瘋子會忍不住反駁博士，牠們會爭執起來，聽在佳琪耳裡，便是一聲聲的狗吠和一些嘰哩咕嚕的鳥鳴，偶爾夾雜幾句博士脫口說出的人話，例如「恭喜發財」、「看病啦」等等。

而肚皮總是趁著瘋子和博士爭吵、三隻倉鼠互相叫罵的同時，緊緊跟在佳琪身邊，表現出成熟乖巧的樣子，當個稱職的小幫手，替佳琪叼來抹布或是抽取衛生紙盒。

但這時，當佳琪經過擺著魚缸的小櫃子旁時，幾隻金魚並未如往常那樣欣喜繞圈，而是貼在魚缸邊望著佳琪經過時的背影；另一只水缸裡的老烏龜也沒亂扒砂，而是歪著頭愣愣地望著佳琪略顯蒼白的臉。

或許是動物們天生具有比人類更加敏銳的第六感，牠們都感到了此時的佳琪和往常有些不同，連一向瘋癲的瘋子，也略微察覺到了氣氛的古怪，牠並未如往常那樣搞怪吵鬧，而是垂著舌頭望著佳琪將三只倉鼠的籠子搬下，靜靜清理著小櫃上那些讓倉鼠撥出籠子外的木屑和瓜子殼。

倉鼠黑毛今天特別安分，在佳琪打開牠籠子的門時，沒有橫衝直撞想要逃家，也沒有對著佳琪的手亂嗅亂啃，更沒有讓咖啡的粗言穢語給激怒而要殺去踹牠籠子，而是乖乖地坐在佳琪手掌心上，讓佳琪將牠取出籠子，放在透明小盒中，靜靜地等待佳琪將籠子裡的木屑和鼠砂清潔完畢，才將黑毛放回籠子，擺回櫃上。

嘴巴一向惡毒的倉鼠咖啡，即便也感到氣氛的異樣，仍然小聲地向黑毛挑釁，牠在被拎出鼠籠，放入小盒，又放回籠子的過程裡，嘴巴從沒停過，細細碎碎地向黑毛叫陣：「嘿，黑毛，你的樣子看起來，怎麼像是個失智老頭呀！」「阿呆，你下面的袋子越來越大了，說不定裡面裝的不是蛋蛋，是腫瘤喲，嘻嘻。」

倉鼠阿呆年紀最小，也最為乖巧，牠在佳琪打開籠子，伸手入籠時，便挪了挪屁股，翻上佳琪的手，用前爪推了推頰囊，推出一枚葵瓜子，擺在佳琪的手掌心正中，仰著頭，望著佳琪的眼睛。

佳琪先是一怔，突然哽咽一聲，淚水充盈了整個眼眶。

「我找了好久，還是找不到……」

佳琪雙手捧著阿呆，身子微微發顫，哭了起來。

「找不到……到底掉到哪裡去了？」

她一面啜泣，一面呢喃說著話，像是對阿呆說，又像是對自己說。

肚皮和瘋子、倉鼠黑毛和咖啡、九官鳥博士、烏龜、魚，都讓佳琪的模樣嚇著了。

滑落過佳琪臉龐的淚水，一滴一滴往下墜落，其中一滴，打在阿呆的腦袋上。

阿呆嚇了一跳，頭頂熱熱的。牠忙亂地扒著頭、理著毛，用嘴巴咬咬嚼嚼沾濕了的爪。

佳琪的淚水苦苦的、鹹鹹的。

02 尋找鞋子

夏夜的天空無雲，又圓又大的月亮掛在天際，四周的星光都因那月亮的光芒而黯淡許多。

寧老醫生拿著扇子躺坐在院子裡的籐椅上，籐椅邊擺了只折疊小桌子，小桌子上有只鐵餅乾盒，盒子上放著一台收音機，收音機裡懷舊電台正播放著寧老醫生那年代的流行曲調，他一口清酒、一口滷味，偶爾搧搧風，望著月光。

寧老醫生和許多上了年紀的人一樣，曾經歷過大喜大悲，也曾經歷過刻骨銘心。他拿著扇子的手裡還捏著一張照片，偶爾搧搧風時，他便會朝著那照片望上幾眼，有時情不自禁地微微笑了，像是嗅到了自照片裡頭吹來的風，像是回到了照片裡那年的光景時空，與照片裡的人重逢，一同在月下吹著晚風。

在此同時，那作為診療室使用的客廳裡的氣氛，可沒院子外頭那樣悠閒浪漫。

阿呆窩在籠子裡的小窩旁，將身子縮成了一團球，顫抖地哭個不停：「才沒有……才不是……」

「你這腦部缺氧的小胖子不要說謊，一定是你大便了！」咖啡冷冷地隔著彼此的籠子柵欄，指著阿呆說：「你大便在佳琪手上，把她嚇哭了！你這骯髒猥褻的小子——」

「阿呆，你害佳琪哭了，我要揍你、我要殺你！這可惡的鐵欄杆，為何總是攔著我，放我出去！」另一只籠子裡的黑毛，氣呼呼地咬著籠子欄杆，憤怒指責著阿呆，還不忘和中間籠子裡的咖啡鬥嘴。

「我沒有大便……我只是想把我藏在嘴巴裡的瓜嘰分給她吃……」第三隻倉鼠阿呆抽著鼻子說。

「說你笨就是笨，瓜子那麼小一個，人類那麼大，你分給她，她也吃不飽！」咖啡搖頭斥責：「何況佳琪是大家的天使，她為什麼要吃你的瓜子，我也有瓜子，她想吃，我還可以用嘴巴叼著餵她吃哩。」

「吼汪——老鼠閉嘴，你們好吵——」

瘋子歪著頭吠叫著制止三隻倉鼠繼續吵鬧，牠說：「我早就想揍你們了，一定是

你們又髒又臭、又愛吵架、又愛打架、又愛吃大便，所以才把佳琪惹哭了，是你們的錯！小不點、小毛球！」

「放屁、放屁！」一向不和的黑毛和咖啡，這時倒是有志一同地反駁瘋子。「明明佳琪進來時就不開心了，分明是你這神經病狗在外面吵鬧的關係，是你害佳琪哭了。」

「你們通通給我閉嘴——」

叫作「博士」的九官鳥舉翅發言，牠先是清了清嗓子，跟著緩緩地環顧肚皮、瘋子和三隻倉鼠，嚴肅地說：「我認為，今天佳琪落淚，或許和一場天大的陰謀有關……嘎嘎！」

「什麼陰謀？」三隻倉鼠和兩隻狗一同發問。

「這個陰謀遠遠超出了你們的想像之外，也許和黑幫有關，也可能有政府官員涉入其中，最嚴重的情況，是連外國的情報人員和軍隊都和這件事情有關連，很嚴重，非常嚴重！」博士越說越激動，一副想要破籠而出的模樣，但牠的翅膀被前任飼主剪過，早已不能飛。牠最大的興趣，就是看電視，尤其是驚心動魄的懸疑動作電影。

「而且我有預感，這個陰謀，可能和我的身世有關……」博士這麼說。

「蠢鳥——」倉鼠黑毛大聲喝止博士的發言。「你乖乖地看電視，不要打擾大家談正經事！你感覺不出來佳琪很難過嗎？」

「對啊……今天佳琪的笑容，看起來都不快樂。」阿呆點頭附和。

「你這黑色小毛球，顯然是外國間諜！」博士瞪著黑毛，振翅喊著。

「牠不是間諜，牠是賤人，嘿嘿。」咖啡插嘴。

「吼汪，安靜，臭鼠和笨鳥，聽我說汪吼！」瘋子自然不會讓九官鳥和倉鼠們獨佔了發言機會，吆喝地加入戰局，吵成一團。

「不要吵了，不要吵了啦——」肚皮試圖攔阻瘋子，急切地說：「你們忘記那個時候，佳琪說了什麼嗎？」

「啊？她說了什麼？」瘋子瞪著眼睛、甩著舌頭問。

「她說她找了好久，就是找不到，她不見了一樣東西！」肚皮把苦思了一整天所做出的結論，一鼓作氣地說出。

「不見了東西？不見了什麼？」大夥兒齊聲問。

「我也不知道，佳琪沒有說。」肚皮望望瘋子，又望望三隻倉鼠和九官鳥博士，再望望龜和魚，說：「所以，只要我們幫佳琪找回弄丟了的東西，佳琪就不會難過了，

她會和以前一樣開開心心，陪我們玩、帶我們在草地上跑！」

「這樣子啊……」瘋子也看看倉鼠們，再看看博士，最後望著肚皮，歪著頭問：「所以我們要找什麼？」

「我不是說了我不知道嗎！現在我們要做的，就是先弄清楚佳琪丟了什麼，然後把東西找出來。」肚皮這麼說。

「啊，我知道了！」博士突然開口，先是環視鼠兒和狗兒們一眼，嚴肅地說：「會不會是一份國家高級機密檔案──」

「吼汪！」

「瘋子，好啦……」肚皮奮力阻止著想要衝上去攻擊鳥籠的瘋子，同時回頭喝止著又吵了起來的倉鼠咖啡和黑毛：「你們也不要吵了！」

「佳琪會不會想吃瓜嘰？她找的是瓜嘰？」倉鼠阿呆捧著一粒飽滿渾圓的葵瓜子，捨不得吃。

「才不是呢。我說佳琪掉了的東西一定是洋娃娃，女生最喜歡玩洋娃娃了。」咖啡在水瓶邊咕嚕嚕地喝著水說。

「你又知道了，聽你吹牛──」有著用不完精力的黑毛，在滾輪上吼叫加速衝刺奔跑。

「我知道我們要找的東西是什麼了。」博士在三隻倉鼠激烈爭吵時，閉目靜了一會兒，這時又睜開眼睛，振翅說起話來。

「我們要找的是什麼？」動物們安靜下來，聽牠說。瘋子還不忘補充：「汪吼，你再鬼扯什麼外星人還是國家特務，我就咬死你汪！」

「是錢。」博士面露得意地說：「我們要找的東西就是錢。」

「錢？」動物們互相看了看。

「沒錯，就是錢。」博士繼續說著：「人類有這麼一句話：『有錢能使鬼推磨。』不管佳琪掉了什麼東西，只要我們幫她找到錢，她都能買回一模一樣的東西。」博士張揚著翅膀，大發議論，最後還補充：「所以，很多叔叔伯伯阿姨們都喜歡教我說一句人話——」

「恭喜發財、發財發財、發大財、恭喜發財——發財啦！」博士用怪異的腔調複述著那句人話。

「汪吼——你怎麼不早說？」瘋子推開肚皮，歪頭斜眼地走到博士的鳥籠前，問：

「那……錢在哪裡？」

「據我所知……」博士又露出了一副神秘兮兮的神情，吊吊瘋子胃口，緩緩地說：「人類會將錢擺在一間大房子裡，大房子裡面有警衛，還有一格一格的小位置，每個小位置都藏著錢，而且有個人負責看管，我們要想辦法殺進那大房子裡，擊倒警衛，然後到那小位置上，逼迫看管錢的人，把錢交出來——這好像有個專有名詞，叫作搶……搶……對了！我想起來了，叫作『搶銀行』！」

「怎麼搶？」瘋子愣了愣，不解地問，三隻倉鼠也煞有其事地都湊到了籠子旁，一面互相鬥嘴，一面嘰嘰喳喳地發表意見，博士也正經八百地將牠從各種警匪電影裡頭看來的搶劫片段，交織編入了自己的行搶大計當中……

「……」肚皮顯得有些意興闌珊，他不是很同意博士的想法，且在三隻倉鼠和瘋子、博士等七嘴八舌之下，也搶不著什麼發言機會，他開始覺得這場會議毫無意義，便轉身走出了公寓，來到院子，望著滿月伸了個懶腰，讓夜風迎面一吹，覺得渾身舒服得不得了。

肚皮輕輕走過躺椅，讓仍陶醉在過往時光的老醫生摸了摸腦袋，跟著牠來到院子裡一處草地上，伏了下來，仰頭望著斜前方公寓一戶三樓人家。

窗子緊閉著，隱約看見玻璃後頭的窗簾是翠綠色的。

以往佳琪有時晚上會打開窗，向牠們揮揮手，但這幾天，窗子總是緊緊閉著。牠這才隱約感到，佳琪的異樣，似乎早有跡象。

兩三天前起，佳琪打掃時、陪牠們玩耍時，已經有些心不在焉了。但究竟是怎麼回事呢？肚皮連打了三個哈欠，想不出原因。

側面的牆頭閃起一叢黑影，那是老大，老大略一弓身子，一躍上了樹梢，身形靈巧得像是老醫生書櫃裡那一套套武俠小說中的俠客。

肚皮當然看不懂武俠小說，且連「書」是什麼東西，也搞不太清楚，牠只知道老醫生有很多書，那些「書」一本一本、一疊一疊，擺在高高的櫃子裡，翻了開來，是一張一張的，那究竟是什麼，牠搞不懂，也沒興趣搞懂。

但即使如此，牠仍然對身手靈巧的老大是十分欽佩的，尤其他曾從博士口中，聽說過老虎、獅子、豹等等兇惡猛獸，和老大，可同樣是貓科動物，而自己所屬的犬科動物裡，最強大、最兇悍的，頂多也只是大灰狼而已。

老大輕輕從樹梢躍下，優雅地走到肚皮身邊，仰頭往佳琪窗戶的方向望去，牠站立的姿勢像是一尊英偉的雕像，又像是一個深情的高傲紳士。「你們的會議有結論了嗎？」

「唔……應該是沒有……」肚皮搖搖頭，無精打采地啃啃自己的爪子，牠好想念她帶來的肉骨頭，好想念她的柔聲細語，好想念捏牠耳朵抓牠肚子的她的手——

肚皮就是佳琪半年前在垃圾桶裡發現的。

那時候的肚皮，連眼睛都睜不開呢。

「但我們很肯定佳琪不快樂。」肚皮這麼說。

「嗯，我早感覺到了。」老大點點頭。

「我們知道佳琪掉了東西，但不知道掉了什麼東西。」肚皮用前爪蹭著地上青草，說：「博士牠們正在商量幫佳琪找點錢，這樣就可以讓佳琪買回掉了的東西。」

「錢？」老大皺了皺眉。「你是說，人類的貨幣？」

「對啊。」肚皮點點頭。「就是……有時候人類帶著狗狗或貓貓來看病，看完了病，就會給老醫生『錢』，然後老醫生再拿錢，買東西自己吃，買東西給我們吃。」

「這些我當然知道。」老大不屑地哼了哼。「以前我的笨主人，為了賺錢，日夜不分地工作，後來有一天，他一直沒有起床，他死掉了。」

「那後來呢？」肚皮問。

「後來？沒有後來了。」老大輕輕擺了擺尾巴，望望佳琪的窗，望著天上的月亮。「笨主人家裡的東西，和他辛苦賺的錢，全被他的家人帶走了──除了我。」

那一年，老大還不到兩歲大，失去了主人的牠四處遊蕩，和各路野貓野狗打了無數場架，從無敗績。

直到有一次，老大和一隻餓了三天的野狗，為了垃圾堆裡一個吃剩的便當，展開大戰。

那是老大生平首次的敗仗，牠渾身是血地逃進了死巷子，奄奄一息地癱在鬆軟的垃圾堆裡，被放學的小孩們發現，送來了老醫生的醫院。

老大在恢復健康的第三天，便趁機逃跑了──老醫生對牠進行了結紮手術。

然而，牠也沒跑遠，而是將這動物醫院當成了平日活動的據點之一，因為牠漸漸發現，冒著生命危險在垃圾堆裡翻找而出的食物，可比不上老醫生院子裡擺放的飼料可口衛生，佳琪不時帶來的鮮魚肉，更是珍饈佳餚；外加還有一隻神經兮兮的笨狗可以作為出氣發洩之用。

便這樣，老大變成了附近野貓的頭頭，平時悠哉閒逛，巡視自己的勢力範圍，牠

將公野貓們視為自己的嘍囉，將母野貓視為自己的丫鬟，將流浪野狗們視為競爭對手，將肚皮視為沒長大的小鬼，將瘋子視為瘋子。

唯一令老大服氣的只有老醫生，但牠並不親近老醫生，老醫生雖然救了牠一命，卻也奪取了牠生育後代的能力，牠覺得自己和老醫生平起平坐，頂多見了面喊聲「老頭，吃飽沒？」之類的招呼——當然，聽在老醫生耳裡，便只是一聲慵懶的貓叫聲。

而時常帶鮮魚肉來餵牠、摸牠、抱牠、疼牠的佳琪，則成了牠心中的公主，是唯一能讓老大翻倒在地，露出肚子撒嬌的人類。

如果能夠的話，我願意捨棄一切，讓佳琪小姐做我的主人——

「我向附近的貓朋友打聽過了，佳琪小姐照顧過附近許多流浪貓，大家聽說佳琪哭得傷心，都很擔心。」老大這麼說：「我拜託了幾隻鳥兄弟輪流在窗戶外站崗，說不定可以探聽出什麼消息。」

肚皮望了望窗，果然見到佳琪窗邊站了幾隻鴿子，交頭接耳地不知在講些什麼。

呼嚕——呼嚕——

後頭傳來了老醫生的鼾聲，肚皮知道自己得去叫醒老醫生了，雖然是夏天，但在院子裡睡著了，仍然可能會感冒，畢竟老醫生已經老了。

翌日，佳琪依舊微笑地來到動物醫院，和平日不同的是，她穿著一身白底花紋洋裝，也戴上了隱形眼鏡，還提著一個包包。

「老醫生，今天我得早點走，大概中午過後就要走了。」佳琪這麼對正要出門的老醫生說。

「哈哈，要和男朋友約會啊？」寧老醫生拿著鞋拔穿著皮鞋，調侃問著。

「嗯。」佳琪像是被看穿了心事般，臉紅了紅，咯咯笑了兩聲。

肚皮和瘋子自然也感覺到了佳琪似乎比較開心，但又不像以往那樣開心。

若說昨日的眼淚，如同檸檬片般酸澀；那今日的靦腆笑容，便像是在那檸檬片上撒了些糖粉，甜膩膩卻仍掩飾不了底下的酸澀。

牠們留意到佳琪有時會不經意地臉紅微笑，眼神中有期待、有欣喜；有時卻又皺起眉頭，隱隱露出不安的神情。

「汪吼，肚皮！你還發呆，努力點好不好，來看看我的成果！」瘋子汪嗚亂叫，在樹下不停甩頭，牠腳邊堆了六、七個銅板，是牠在院子四周翻出來的錢，另外還有一只斷骨頭、兩個空罐子，和一些灰灰髒髒的塑膠小玩偶，這些小玩物大多是瘋子以往埋進土裡的，此時全讓牠挖了出來。

「唔？這些東西……」被喊過去的肚皮，不解地望著瘋子腳下那堆東西。

「笨蛋，這些是錢啊！」瘋子氣急敗壞地說：「你難道忘記昨天我們討論出來的結論嗎？我們要找到很多錢，這樣就能幫佳琪買回弄丟的東西了！」

「可是……」肚皮愣了愣，嗅嗅地上的半截骨頭，和幾樣小玩物。「這些大都不是錢……」

「笨蛋，這些可以賣錢，博士說的！」瘋子歪著頭，口水直流。「汪吼！有種地方叫『當舖』，這些東西，應該值很多錢，剛剛我跟王媽媽家的來福講過了，牠說會幫我把消息傳出去，找更多兄弟幫忙，不用靠那隻臭貓！」

來福是附近的王媽媽家裡養的狗，是隻十歲大的老狗了，個性和善，牠讓王媽媽帶著散步，經過老醫院的門前，被瘋子喊住。王媽媽和李大嬸聊得天南地北，笑得花枝亂顫，來福也和瘋子隔著一條門縫，交換了重要情報。

來福把佳琪傷心哭泣的消息，告訴了五巷的黑白流浪狗，黑白流浪狗是個大嘴巴，逢狗就講、見貓就追。便這樣，一下子，小鎮上的狗兒們，都知道了佳琪小姐丟失了一件重要的東西。

「你聽好，時常照顧我們的佳琪小姐弄丟了一件重要的東西，老醫生家的瘋子哥要大家幫忙找，把消息放出去。」一隻雜種狗將消息傳給了一隻馬爾濟斯狗。

「你知道佳琪小姐嗎？她哭了，她丟了東西。我們得幫她找回來！」馬爾濟斯狗將消息帶給一隻老巴哥狗。

「佳琪小姐哭得很傷心，她需要我們幫忙找回她的東西……汪唔……找回什麼喔？我想想……大概是鞋子吧，我記得佳琪小姐的鞋子很香很好聞。」老巴哥口齒不清地向鄰居那八隻兩個月大的拉不拉多小幼犬們說。

「佳琪！」「佳琪小姐哭了！」「她要找鞋子？」「佳琪小姐沒鞋子穿？」「我們家有好多鞋子！」八隻拉不拉多小幼犬們胡亂蹦跳，有些開始翻找起家中的新鞋子、舊鞋子，有小孩子的小鞋子、女主人的高跟鞋、男主人的皮鞋、哥哥的臭球鞋……小

幼犬將那些鞋子全叼到了門邊，好不容易將一隻拖鞋擠出門外，交給了一隻年輕力壯的大白狗。

「大狗哥，佳琪小姐沒鞋子穿，難過得哭了，你幫我們把鞋子給她！」小拉不拉多們齊聲這麼說。

「什麼！」大白狗古道熱腸，半年前出過一次車禍，一腳骨折，是老醫生幫牠醫好的，牠吃了幾次佳琪準備的肉骨頭，早記下了這份恩情，這麼一聽可不得了，馬上叼著鞋子拔腿就衝，不一會兒就衝到了動物醫院外。

「瘋子、瘋子！肚皮弟！」大白狗大喊著。

「什麼？」瘋子隔著門縫，和大白狗沒頭沒腦地講了好一陣，像是發現了新大陸一般，歡欣鼓舞地奔到了樹下，對肚皮說：「汪吼！我就說狗還是比貓厲害，大家已經查出佳琪弄丟了的東西了！」

「什麼？」肚皮愣了愣。「是什麼？」

「是鞋子！」瘋子得意地將大白狗帶來的拖鞋扔在肚皮面前。

「鞋子？」肚皮不解地問：「佳琪不見的東西是鞋子？這誰說的？」

「總之是鞋子沒錯。」瘋子這麼說：「趕快找鞋子，我們把所有的鞋子都找出來，裡面一定有佳琪的鞋子。」

牠們正要開始翻找鞋子，便聽見了佳琪的呼喊聲，立刻轉身奔去。

「哈哈！」佳琪笑著摸摸瘋子的頭，伸手要拿過瘋子咬著的鞋子。「你這隻拖鞋是哪來的啊？」

「汪吼——吠吠——」瘋子本能地咬緊鞋子，硬是不讓佳琪搶過鞋子。

「喂喂——」肚皮在一旁提醒：「你不是說佳琪要鞋子嗎？你不把鞋子給她喔？」

「汪吼，對喔！」瘋子這才鬆口。

「這是哪裡來的鞋子啊？」佳琪覺得奇怪，又有些好笑，逗著瘋子和肚皮玩了半晌，這才起身，準備出門。「跟你們說喔，我要先走了，你們要乖喔，知不知道。」

「汪！」瘋子和肚皮同時應答，愣愣望著佳琪關門離去的背影。

「看！我說得沒錯吧，佳琪看到鞋子好高興汪吼吼——」瘋子得意地大叫。

「真的是鞋子嗎？」肚皮有些懷疑，但還是跟著瘋子行動起來，牠們無法外出，只好在院子裡和老醫生家裡亂翻亂找，牠們至少還分得清老醫生的臭腳味，並沒有茶毒老醫生幾隻皮鞋，倒是翻出了一些老舊拖鞋。

「什麼？佳琪掉的是鞋子？」

客廳裡，倉鼠們、博士、烏龜和魚也都感到訝異。

「昨晚我們不是已經決定要搶銀行了嗎？」博士瞪大眼睛，搧著翅膀說：「我試了一晚，用心靈力量向宇宙的朋友尋求協助，再過不久，就有強大的朋友來幫助我們搶銀行了，怎麼會變成找鞋子呢？」

「汪吼！我想了一晚，我覺得你根本在鬼扯——」瘋子氣呼呼地叼著一隻拖鞋，對博士說：「你繼續向你的夥伴求救，我們找我們的鞋子，看誰先讓佳琪開心。」

「嘿，瘋子哥，你放我出去，我也幫忙找鞋子，多一份力量，就多一分成功的機會，如何？」倉鼠咖啡搭著籠子欄杆，這麼對瘋子說。

另一邊，倉鼠黑毛暴躁地咬起籠子，鬼吼鬼叫著：「我也要出去，我也要找鞋子！」

「畜生不要學我。」咖啡轉頭對黑毛說。

「快放我出去，我要打死咖啡！」黑毛怒火沖天，更大力地啃咬起籠子。

「瘋子哥，你不要放牠，牠有好恐怖的傳染病，放出來會天下大亂，放我吧。」

咖啡一面對瘋子說話，一面用尖銳惡毒的詞彙挑釁著黑毛。

「鞋嘰是什麼啊？」阿呆靜靜地玩弄著一枚未啃開的葵瓜子，以往牠一拿到瓜子，便馬上啃開吃下肚了，但此時牠已經存下了八枚葵瓜子，牠強忍著食慾，流著口水，將瓜子堆在窩中一角，偶爾忍不住伸伸後腳撥弄那些瓜子，或是啃啃嗅嗅瓜子殼。「我希望佳琪開心，我願意把瓜嘰送給她。」

狗兒的行動力比貓咪更加旺盛，不一會兒，小鎮上八成的狗兒們全收到了佳琪需要鞋子的消息。

家中的狗兒們叼著自家的鞋子往樓下拋、往門外扔，街上接應的流浪狗兒們便將那些鞋子一隻隻地往老醫生家中送。

「……」老大和兩隻野貓攀在樹上，望著底下那些叼著各式各樣的鞋子、忙碌來往的狗兒們，轉頭問著身邊的野貓。「牠們在幹嘛？」

「報告老大。」一隻嘍囉貓回答：「聽說牠們在蒐集鞋子，送往寧老醫生家，說是瘋子要的。」

「瘋子在蒐集鞋子？」老大站了起來，伸了個懶腰，心裡有些好奇，卻又懶得探究瘋子到底在幹什麼。

「老大、老大！有隻鴿子回來了。」一隻嘍囉貓喊著。

老大又仰起頭，望著一隻鴿子飛到牠面前，那鴿子說：「咕……我們跟上佳琪小姐了，她一個人逛街。」

「佳琪小姐一個人逛街？」老大點點頭，望著天空，漸漸堆積的雲朵，遮蔽住了天空。

又過了半小時，天空飄起了細雨，一隻鴿子捎回了最新情報——

「佳琪小姐不逛街了，她停在一個地方等人。」

再過了半小時，雨勢忽大忽小，天色也漸漸暗去，又一隻鴿子，捎回了情報——

「佳琪小姐被雨淋成了落湯雞。」

最後，又過了半小時，雨停了，最後三隻鴿子一齊回來，降落樹梢。鴿子寶姊搧搧翅膀，長長地吁了口氣，說——

「我知道佳琪小姐，遺失的東西究竟是什麼了。」

雨

03

雨下得好大──

佳琪躲進了騎樓底下，收合折疊傘，輕輕抖落傘上的水珠。

她望著身旁深色窗子的倒影，將頭湊近些，撥了撥微微沾濕的頭髮。

她用力眨著眼睛，她覺得眼睛有些不舒服，她不常戴隱形眼鏡，她甚至有些懼怕隱形眼鏡，她覺得把一樣東西，放在眼睛裡，是一件很奇怪的事。

但是偉志近來偶爾提及公司裡來了個擁有一雙漂亮大眼睛的新人同事時，總是不自禁地露出了喜孜孜的模樣。

這讓佳琪照鏡子的次數增多了，她得摘下眼鏡，讓自己更靠近鏡子，才能略微清晰地打量起自己的眼睛──其實也不小嘛、其實也滿可愛呢。

她不服氣地這麼想，但是當她戴上那深度近視的粗框眼鏡後，眼睛便因為鏡片的

折射而顯得變小且變形了。

她當然也可以在約會時偶爾取下眼鏡，讓偉志也看看自己眼睛的原貌，但這麼一來，自己又看不見他了，看不清他的模樣、看不清他的神情、看不清他的眼睛——看不清他的眼睛，這令她感到不安。

近來她感到不安的次數增加了，有時是清晨讓惡夢驚醒那時刻，有時是深夜輾轉難眠那時刻，甚至是在老醫生那兒摸著肚皮的肚皮時，或是逗著瘋癲的瘋子時，都會沒來由地感到一種說不上來的不安。

那種不安像是一根軟刺，輕輕地、不停地錐著她身體裡某處脆弱的地方。

有時她會對自己的不安感到歉疚，暗暗地責備自己為何不夠信任他，質疑著自己是否心眼小了、度量窄了，彷彿自己成了某些刻板形象中的反面角色——例如一些尖酸刻薄又歇斯底里、一天打兩百幾十通電話追問老公行蹤的偏執狂，她不願意扮演這樣的角色。

我拿下眼鏡，也不比他公司裡那個大眼睛差吧——

佳琪望著深色玻璃中自己的面容時，還故意地將眼睛睜大些，那隱隱的不安便略微減退一點，這令她有些開心。

天色漸漸暗了，佳琪來到一處騎樓下。

她取出手機，盯著手機螢幕上一串號碼，遲疑著不知道該不該按下撥號鍵，今天是週五，在佳琪熱切懇求了好多天後，偉志終於願意撥出時間，安排了這個週末的約會，他們預定今晚相會，明日出遊。

但在昨天，偉志撥來了電話，告訴佳琪，他今晚仍要加班，約會得延後到週六的中午。

但佳琪還是來了，她想給他一個驚喜，她特地準備了他最愛吃的小點心，陪他一同加班，替他搥搥背、揉揉肩，作為兩週前那次糟透了的約會的補償……

那確實是個糟透了的約會。

她也不明白那天自己為什麼會說出一些平常不會說的話，做出那些連她自己都覺得討厭的反應。

她挑剔了他特意挑選的餐廳；

她批評了他推薦的那部電影；

她對他的新襯衫十分有意見；

她連連反駁他說的許多話。

但在此之前，她對他是百依百順的，自己為什麼會有了這樣的變化呢？

那天，在日落時分，他倆默默無語地在商店街上漫步，持續著一整天的冷戰。

晚餐時的氣氛趨於和緩，他們共進了一頓浪漫的燭光晚餐，偉志望向窗外，神情依然漠然冰冷，但他開始用腳輕輕地踢撥佳琪的腳，那是他倆每每吵架鬥氣時，其中一方宣示投降求和的訊號。

佳琪忍不住笑了，趕緊拿著餐巾遮住了臉。

偉志仍然望著窗外，一直維持著從容沉思的樣子，佳琪喜歡他這副模樣，他的腦袋似乎能夠處理很多事情，像是一副天塌下來，他也能替佳琪找著一處安穩的避難所一般。

佳琪伸出手，緩緩伸向偉志的手，輕輕地點了點偉志的指尖，然後縮回。

偉志也伸出了手，往佳琪的指尖緩緩游移而去，佳琪在偉志的指尖觸來之際，俏皮地躲開，他倆便這麼靜靜地玩了十分鐘的追手遊戲，一整天下來的不愉快，就像是深夜裡的惡夢，在清晨到來之際，雙眼睜開，煙消雲散。

那頓晚餐，就像是另一個美麗階段的開始——

但結果並非如此。

那通電話像是一根引線，引燃了某些她早已積蘊許久、卻難以說出口的難堪情緒。是她打來的，是那個大眼睛，是偉志常常掛在嘴邊、那個剛來到公司，對什麼都很生疏，常常需要偉志費心照顧的那個大眼睛，據他說，大眼睛有一雙很美的大眼睛。

大眼睛工作上出了點差錯，亟需要偉志的支援和指導，他必須取消當晚的後續約會，以及明天、隔天整整兩天的約會，他得全力支援大眼睛。

佳琪聽著偉志的說明，不由得垮下了臉，她難以置信，她總算明白……

應該說是承認，今天一整天的鬥氣冷戰，全和那大眼睛有關——

平時的佳琪溫順彷如小貓，若是菜色不合胃口，她頂多少吃幾口，說胃不舒服；即便電影沉悶無趣，她也耐著性子看完，再附和偉志幾句電影內容；她更不會對人的服裝品味有所挑剔，事實上她自己對服裝品味也沒太大研究。

但偉志大力讚揚的那間餐廳、他堅持帶她看那部電影的理由，都是那大眼睛極力推薦所致。那間餐廳其實不差，甚至於氣氛絕佳、浪漫宜人，但便正由於氣氛絕佳、浪漫宜人，因此也讓佳琪感到有些不舒服，雖說偉志和大眼睛是在工作時會見完上午的客戶之後，順道吃了頓午餐，繼續下午的工作，一點也不曖昧。

偉志堅持去看的那部電影，自然也因為大眼睛的讚譽有加，但佳琪卻不明白為什麼大眼睛讚譽有加的電影，他非看不可，自己期盼已久的電影，他卻一點也不放在心上。

至於那件襯衫，似乎是大眼睛拿著時裝雜誌上的男模特兒和他比較，說是天底下再無人能將那襯衫穿得這麼好看，才激得偉志也買了一模一樣的一件，隔天便穿去上班，據偉志說，大眼睛改變了看法，承認偉志穿來，一樣筆挺好看。

佳琪反駁不了那餐廳氣氛確實極佳，只好挑剔了餐廳的菜色。

偉志說她不懂得吃。

她承認那部電影極具深度，但也嘛著嘴聲稱她想看的另一部電影必然更棒。

偉志說她得等到大學畢業之後工作幾年，或許才看得懂。

她也覺得偉志身上那件新襯衫和他挺搭配，卻硬要說自己送他的某一件襯衫更加合身。

偉志嘿嘿地訕笑，並不答話——但連佳琪自己都知道，自己對服裝品味確實沒太大研究，偉志這樣子笑，心中在想什麼，也不必明說了。

雖然都只是芝麻綠豆大的小鬥嘴，但當一顆接著一顆的綠豆、一粒追著一粒的芝

麻，不停地累積著、疊加著，使得他們覺得對方似乎不再那麼可愛，甚至有些討厭。

佳琪尤其不開心，她總覺得那大眼睛自從進入了偉志的公司，便像是高高在上的神仙，牽引著偉志的一舉一動，甚至牽引著偉志，拉著偉志一同看低自己。

然而，晚餐時的甜美氣氛讓佳琪覺得自己真傻，偉志是自己的男友，自己才是偉志的真命天女，那大眼睛不過只是他的一名下屬罷了，若說這小小的爭風吃醋像是一場迷你戰爭，那麼自己無論如何是立於不敗之地了——

才怪！

大眼睛一通電話就擊沉了她盼望已久的約會。

佳琪終於生氣了，她氣炸了，她激烈地和他爭執，她提出了對那大眼睛的諸多質疑以及批評，她拒絕了偉志提出的週日夜間約會，她氣得要偉志立刻停車，叫他立刻滾回公司去。

那晚，佳琪搭了二十分鐘的捷運，流著眼淚回家。

翌日，她發現了一件更令人難過的事，她的手鍊墜飾不見了，那是他在去年情人節送她的禮物，那個晚上他緊緊摟著她，用寬闊的胸膛和厚重的外套替她擋下了山邊那陣陣冰寒徹骨的冷風，他在她耳邊說了好多讓她開心和流淚的話。

那是一只純銀貝殼墜飾，她半邊，他半邊，合在一起，就是那晚他對她的承諾和誓言。

她找遍了自己的臥房和家中全部的地方，她不確定究竟是何時弄丟了的，是在餐廳用餐時掉落的？是在漆黑的電影院裡掉落的？還是在他車上爭吵，她硬要下車時和他的輕微拉扯時脫落的？又或是在哭著回家的途中，不甘心地甩下眼淚時脫落的？

那天她捧著沒了墜飾的手鍊，仔細看了一整天，她注意到原本小貝殼與手鍊相扣的細環有些變形鬆脫，這或許是小貝殼脫落的原因……

佳琪看了看錶，已是下班時間，她不禁將身子往後縮了縮，不想擋著了那來來往往趕著回家的人們。

她瞥了一眼馬路對面那商業大樓入口處，也有不少人從那兒出來，佳琪心中忐忑，又望了一眼手上提著的那盒小糕點，總覺得有股說不上來的厭惡感縈繞在她的心頭，當然不是厭惡他、也不是厭惡小糕點，似乎也不是厭惡大眼睛。

她厭惡的是自己，自己來到了他的公司附近，真的是為了給他一個驚喜嗎？

還是為了確認些什麼？

查勤？探班？示威？宣示主權？

她不停告訴自己，自己才沒有吃醋，自己也沒有懷疑，自己是十分相信對方的，今天真的就是為了給他一個驚喜，想讓他窩心，才偷偷來的，但這些可笑淺薄的藉口，並無法由衷地說服她自己……

但越是遲疑、越是猶豫，心中那罪惡感便越加明顯，她終於重新撐起傘，往斑馬線走去，過了馬路，來到那商業大樓底下。

或許是她的心思紊亂，或許她在擔心著什麼，她顯得有些心不在焉，她在收合雨傘的時候，手上提著的那袋小糕點，滑溜脫了手，又讓自己的腳尖踢著，滾落出了騎樓，落在水溝蓋旁，她急忙地趕去要撿，卻又忘了開傘，讓大雨淋了個唏哩嘩啦，她半彎著腰，正要開傘，那折疊傘卻又卡卡地費了她好大的勁兒才重新張開。

嘩——

一輛車駛過，濺起了好大一片污水，全打在了她的身上。

她好不容易撿回了那袋小糕點，捧在手上，抓著包包和雨傘，像隻受到驚嚇的小

鴨子般躲進了那商業大樓中，在管理員的注視之下，她急匆匆地略微整理了衣服頭髮，她低頭見到自己的白色洋裝讓雨淋濕之後，變得微微透明，還佈滿點點斑污，她得趕快找個地方整理衣物，她趕緊取出手機，她希望偉志下來救她。

叮咚──

佳琪正撥號到一半，電梯門開了，偉志和幾名同事一同步出電梯，便撞見了提著小袋和雨傘，鬼鬼祟祟在角落打電話的佳琪。

「啊！」佳琪驚呼一聲，偉志也嚇了一跳，他連忙問：「妳怎麼來了？」

「我……啊……我忘了你今天要加班，我……我……」佳琪無法說出「人家想給你個驚喜，陪你加班」這樣的藉口，尤其在她這副狼狽模樣的時候。

「嘿，偉志，是你的女朋友？」一名偉志的女同事認出了佳琪，笑著說：「剛好老闆請客，要不要一起吃飯？啊……還是偉志你帶她上去整理一下衣服，我們先去餐廳。」

佳琪聽偉志的女同事出聲說話，先是呆了呆，立即知道這女同事應該就是那位「大眼睛」。佳琪想起自己的狼狽模樣，不由得有些自慚形穢。

「好。」偉志顯得有些尷尬，卻還是點點頭，帶著佳琪進了電梯。「怎麼搞成這

樣？」

「我……」佳琪低下了頭，難過地說：「我本來準備了點心，但掉在地上，我去撿……又被車子濺了一身水……」

「嗯。」偉志點點頭，又問：「但我記得昨天有跟妳確認過，我們的約會改到明天了，怎麼妳還……」

「我……」佳琪心虛地說：「我想你工作辛苦，想替你送點吃的……」

「謝啦，不過不能吃囉。」偉志接過那盒讓大雨淋過、又掉在馬路上的糕餅點心，臉上沒什麼表情。

「應該還是可以啦……塑膠袋綁很緊，裡面也有包裝啊。」佳琪趕忙接回那袋小糕點，拍著上頭的污水。她拍得有些大力，幾點污水濺上了偉志的襯衫，偉志皺著眉向後避了避。

佳琪愣了愣，連連說：「啊……對不起……」

偉志沒說什麼，只是對著打開的電梯門比了個「走吧」的手勢，他走在前頭，帶著佳琪返回公司，不怎麼太搭理留守同事的詢問。

他帶著佳琪來到了廁所，自她手中接過那袋糕點，又對著廁所比了個「去吧」的手勢。

「嗯……」佳琪卻在原地呆了呆，問：「待會你就要和同事聚餐了……」

「嗯。」偉志點點頭。「吃完還得回來加班。」

「你是不是還在生氣？」佳琪問，跟著又問：「我……不是說今天我……你是不是在生之前我們吵架的氣？」

「沒啊。」偉志嘿嘿一笑，做了個「我哪有這麼小氣」的表情。

「那還是……因為我把小貝殼弄丟了的關係？」佳琪這麼問。

偉志靜了靜，說：「我沒有生氣，不過同事現在應該在等我，妳要一起去的話，動作最好快點喔，我找件襯衫給妳換。」

「喔。」佳琪點點頭，轉身進入廁所，她望著洗手台前的鏡子，注意到了臉上那幾點污水點點，她趕緊洗了把臉，覺得眼睛有些刺痛，照了照鏡子，眼睛好紅，或許是剛剛讓污水濺進了眼睛，又或許是隱形眼鏡戴得不習慣，更或許是兩者皆有。

她嘆了口氣，取下拋棄式隱形眼鏡，扔入垃圾桶中，從包包裡取出她的黑框眼鏡戴上。

跟著，她接下了偉志拿來的襯衫，雖然有些髒舊，且極不合身，但她身上的白色洋裝濕淋淋的，不但看來有些髒，還略微能夠透見裡頭的內衣，她也只好將襯衫套在了洋裝外頭。

最後，她照了照鏡子，自己又變回那個戴著厚重眼鏡、不懂裝扮的黃毛丫頭了，而且頭髮還有些亂、眼睛也紅通通的。

「好了嗎？」偉志敲了敲門。

佳琪來不及仔細整理頭髮或是補妝了，她只好出了門，跟在偉志身後，偉志走得好快，她幾乎要跟不上偉志的腳步了。

在快步經過偉志個人辦公室的窗邊時，佳琪瞥見了偉志的辦公桌，她見到桌上擺著那只塑膠袋，那是她帶來的小糕點，這令她感到有些欣慰，她加快了速度跟上偉志，進入電梯，拉著他的衣角說：「晚上加班肚子餓了的話，可以吃我帶來的點心喔，裡面有個小驚喜。」

偉志沒有答話，他只是忙碌地一面按著手機，一面按下電梯的關門鍵。

在確認了公司聚餐的餐廳後，他們搭上了計程車，十分鐘後，他們來到了那家餐廳。

餐廳等級頗高，這令佳琪感到有些不自在，雖然她在偉志的公司裡經過了簡單的

梳妝整理，但看起來還是有些狼狽，她套著偉志同事的老舊襯衫，底下露出那讓污水濺得點點斑污的洋裝裙襬。

她隨著偉志入座，尷尬笑著和偉志的同事及老闆點頭致意。

她留意到偉志的神情似乎也有些不自在，她有些後悔自己的魯莽行事了，她心想或許剛剛不應該答應參加這場飯局，她知道偉志好面子，在這樣的場合帶了個看來呆模呆樣的女朋友，肯定十分彆扭。

大眼睛就坐在偉志的對面，大眼睛雖然沒有經過精心打扮，但是素雅的襯衫加上緊身長褲，使她看起來美極了，她年長佳琪幾歲，但天生有副可愛臉蛋，加上保養得宜，就算要自稱佳琪的大學同學甚至是學妹，也沒人覺得突兀。

此時的大眼睛一面招呼身旁的客戶，一面和偉志閒聊對話，看來精明能幹，一點也不像偉志形容的那樣傻乎乎地什麼也不會。

「哈囉，我叫小帆。」大眼睛趁著客戶用餐的空檔，笑著向佳琪介紹自己。

「妳好。」佳琪望了一眼大眼睛的大眼睛，偉志曾向她提過小帆的名字，但她那時可一點也不想記住，現在不想記住也不行了。

席間的氣氛熱絡，佳琪卻覺得自己與旁人格格不入，她總是插不進他們的話題，

他們高談闊論那些關於經濟、股票、時事，和一些時尚流行的事物，佳琪只是默默的吃，偶爾望一眼和同事、客戶談笑風生的偉志。

此時的偉志看來仍是那麼紳士瀟灑，但自己卻像是個硬要跟在大哥哥屁股後頭的小丫頭。

佳琪低著頭用叉子輕輕撥弄著盤上的生菜，她瞥見偉志伸長脖子，興高采烈地向小帆解說他那新買的 PDA 手機時，總有種錯覺，似乎他倆才是一對兒。

「你看，這是我做的喔。」佳琪神秘地塞了個小東西到偉志手裡。

偉志瞥了眼那小東西，是個用串珠做成的小狗。

「牠叫肚皮。」佳琪向偉志這麼說。

「明天見面再給我吧，現在給我，我也沒地方放。」偉志點點頭。

「不是給你的，這隻是我的，不過你也有一隻，我們一人一隻，牠們是好朋友，要永遠在一起不分開。」佳琪這麼說，但她的聲音越來越小，偉志似乎對她做的肚皮沒有太大興趣。

偉志似乎對她說的很多話都沒有太大興趣，是從什麼時候開始的呢？

很久以前似乎不是這樣子的。若是那時候的偉志，見了這隻串珠小肚皮，一定會

摟著她，說「好棒、好厲害！好可愛喔。」他會興致盎然地聽她講完這一週來，老大是怎樣欺負瘋子、肚皮是怎樣追咬自己尾巴、老醫生又治好了哪隻動物、她又救了一隻受傷的流浪貓等等……

不知從什麼時候開始，偉志對這些千篇一律的瑣事感到厭倦了呢。

「偉志，不然待會你帶你小女朋友先走，反正工作都做得差不多了，收尾的部分讓小帆來處理就行了。」偉志的老闆瞄了瞄低著頭的佳琪幾眼，這麼和偉志說，跟著他又轉頭向佳琪呵呵笑了笑：「上次叫偉志加班，害你們不能約會，真不好意思囉。」

「不會啦！」佳琪尷尬地笑著，但心裡卻有些開心。

「嗯……」偉志苦笑了笑，答：「再不然我帶她在附近逛逛，用電話跟同事聯絡，有什麼事也可以立刻趕回去。」

「嗯？」老闆彈了記手指，似乎相當滿意偉志的提議，他望了佳琪一眼。

「好呀好呀，我……我都可以，是我妨礙了你們工作，不好意思……」佳琪紅了紅臉。

於是他們先離開了餐廳。

他們在商店街上閒逛，偉志的步伐邁得很大，佳琪依然吃力跟著，她好幾次伸手

出去，想要牽上偉志的手，但偉志一手拿著手機、不時查看，一手提著公事包。

「你的新手機好像很棒喔。」佳琪探長了脖子，試著找些話題。「有哪些功能啊？」

「可以上網、衛星導航、查股票……不過妳對這些東西不是沒有太大的興趣嗎？」偉志望著螢幕說。

「你教我嘛，以後我也可以幫你。」佳琪這麼說：「做你的賢內助，做你的秘書。」

「嗯？」偉志看了佳琪一眼，笑了笑。「妳一定學不會。」

「但是你剛剛教她的時候，就很認真。」佳琪總算說出憋在心裡的話。

「嗯。」偉志點點頭，仍看著手機。

「……」佳琪拉住了偉志，指了指一旁店家擺在門前的長椅，說：「我們坐著聊天好了，這邊離你公司近，有事你也可以隨時回去。」

「好。」偉志點點頭，望了望那長椅，繼續按著手機。他瞥了瞥佳琪，見佳琪低著頭，便苦笑著說：「沒有辦法，本來我得在公司跟他們一起工作的，但是現在用簡訊聯絡指導，也是一樣。」

「……」佳琪靜了靜，又從包包裡拿出了那隻串珠小狗。

路人來來去去，他們一人倚著椅背，不停操作著PDA手機，另一人捧著一隻串珠小狗，在手上把玩著。

像是兩個各自等人的陌生人。

偶爾他們會講些話。

「小肚皮看起來好孤單喔。」

「嗯。」

「走失了的佳琪小貝殼，現在應該也很孤單，偉志小貝殼會孤單嗎？」

「可能。」

「偉志，我可以問你一個問題嗎？」

「嗯？」

「我把小貝殼弄不見了，你真的沒有生氣嗎？」

「嗯。」

「……如果我把小貝殼找出來，你會比現在開心嗎？」

「嗯。」

「好，我回家之後就大掃除，可能睡覺時一翻身，掉到床底下去了。」

「嗯。」

「那你答應我，我找到之後，你要對我好一點……」

「嗯。」

佳琪望著街上的車流發呆，他們現在應該算是約會吧，偉志明明就在她的身邊，但她卻覺得偉志離她好遠好遠、好遠好遠。

此時就像是她自己一個人的約會。

偉志新手機的鈴聲優美響亮，佳琪知道自己今晚獨自一人的約會就要結束了，小帆的聲音透出了手機，清晰而明顯。

「我知道，我看到妳的簡訊，我現在回去。」偉志掛上電話，站了起來。

佳琪也站了起來，呼了口氣。

「那我走了。」偉志摸了摸佳琪的頭。

「等等……」佳琪說：「你剛剛答應我的事沒忘記吧。」

「什麼事？」

「我找到了小貝殼，你要對我好一點。」佳琪低著頭說。

「嗯。」偉志點點頭，正要轉身，佳琪又拉住了他，說：「那……那如果我找不

到呢？你會更冷淡嗎？」

「我得先回公司，這些話，等我有空再聊，晚上我傳簡訊給妳。」偉志這麼說完，快步往公司的方向走去。

佳琪望著偉志的背影，心中有種感覺，她弄丟了的東西，並不是那只銀色小貝殼。在偉志的身影沒入人群之後，佳琪轉過身，往捷運站的方向走。

憋了好久的眼淚，終於才掉了下來。

「什麼？貝殼？」

老大和幾隻貓嘍囉，呆愣愣地望著鴿子們。

「是啊！我們冒著生命危險，閃避著汽車和人，跟著佳琪小姐，湊近他們身邊，親耳聽見的，原來她掉了一個貝殼，所以她跟她男人都不快樂，後來啊，佳琪小姐一個人哭得唏哩嘩啦的！」鴿子寶姊說得慷慨激昂。

一個小貓嘍囉歪著頭問：「貝殼是什麼東西？」

另一個年歲較長的貓嘍囉說：「貝殼是一種水裡面的東西，跟魚啦、蝦子啦住在一起。」

小貓嘍囉又問：「蝦子是什麼東西？」

「……」老貓嘍囉正要解釋，就被寶姊打斷了話，寶姊翅膀一揚，抖出了一個小東西，那是牠回程中，從一處餐館垃圾桶附近叼來的蜆殼。「我就知道你們這些笨貓不知道什麼是貝殼，吶，看仔細啊！」

「這個就是貝殼喔？」幾隻貓嘍囉上前嗅了嗅那髒蜆殼，都搖搖頭說：「佳琪小姐怎麼會喜歡這種東西？」

「笨！所以說佳琪小姐掉了的貝殼，一定不是這一個，一定是更大更美更漂亮的貝殼。」寶姊邊說，邊向身邊的幾隻鴿子揮了揮手，說：「今晚解散休息，明天開始大家一起努力找貝殼。」

04 蒐集貝殼

「什麼？」

清晨時分，老醫生家院子裡的樹下，瘋子瞪大了眼睛，望著站在樹梢上的老大，拋在牠面前的那枚蜆殼，牠上前用鼻子嗅了嗅，問：「貝……殼？這是什麼東西？」

肚皮也上前嗅了嗅那蜆殼，歪著頭望著瘋子。「你不是說……佳琪掉的東西是鞋子……怎麼變成這個怪東西了？」

「不！佳琪掉的是鞋子，不是貝殼，吼汪汪！」瘋子暴躁吵著，死守著花圃磚牆後頭那堆濕淋淋的鞋子，那全是牠和小鎮上的狗兒們，花了整整一天蒐集來的，足足有百來隻，在花圃磚牆後頭的小空間，堆成了一座小鞋子山。

「誰跟你說佳琪掉的是鞋子了？」老大不屑地說：「你最好想辦法處理一下那些鞋子，如果被老醫生發現你偷了鄰居一堆鞋子，不罵死你才怪。」

「吼汪！」瘋子在大樹底下繞起圈圈，胡亂咆哮著：「老醫生才不會罵我，老醫生也疼佳琪，我是幫佳琪找鞋子，佳琪掉的是鞋子！是鞋子吼汪！」

「瘋子，別叫——」

老醫生的喊聲自客廳裡傳出。

「汪吼！」瘋子應了一聲，氣呼呼地瞪了樹梢上的老大一眼，轉身往屋子奔去，在客廳門外等著老醫生出來。

這天是週末假日，診所不開業，老醫生也樂得輕鬆，悠哉地要出門散步，通常這天，老醫生會牽著肚皮和瘋子出外散散步，有時是去河堤、有時是去爬山，沿路總會遇上一些好玩的事情。

每個禮拜除了向佳琪撒嬌、吃她帶來的點心之外，最令肚皮和瘋子感到興奮和期待的事，就是和老醫生出外散步了。

肚皮剛剛聽見了老醫生的喊聲，也想起了今天應當是散步天，牠望了望樹梢上的老大，又望了望地上的蜆殼，心中有些掙扎，牠想要令佳琪開心，但又好想、好想跟老醫生出去玩。

終於，牠還是奔到了客廳外的小階梯邊，瘋子已經叼著項圈，精神抖擻地在那兒

等了，尾巴搖得可來勁了。

「噢——」老醫生終於出來了，他見到肚皮和瘋子的端正坐姿，不禁愣了愣。

肚皮和瘋子見到老醫生的打扮，也呆了呆，瘋子口中的項圈，還掉在了地上。

老醫生的打扮和以往散步時的運動服裝可是大不相同，他穿著一套好正式的西裝，領口還打上領帶，別說半歲大的肚皮了，即使是六歲大的瘋子，也從未見過老醫生打領帶；又別說瘋子，即使是老醫生養了二十年的烏龜大叔，也從未見過老醫生打領帶，一向懶洋洋的烏龜大叔，也訝異地湊在水缸邊，望著站在客廳門口的老醫生。

客廳裡頭，倉鼠阿呆、黑毛、咖啡，全擠在自己的籠子前，靜靜地望著老醫生；九官鳥博士也看得傻了，不停振翅，像是想要衝破籠子，飛過去瞧瞧那個像是老醫生的老傢伙是不是外星人假扮的。

「哈哈，今天不散步，明天吧，明天我再帶你們散步，對不起啦！」老醫生這麼說的時候，臉都有些紅了。他蹲在門邊，打開了鞋櫃，取出了一只鞋盒，是雙有些過時但保養得宜的名貴皮鞋。

「老囉，身子也胖囉。」老醫生吃力地拿著鞋拔，慢慢將左腳踩入皮鞋裡，跟著也穿上右腳的鞋子，他站穩了身子，吁了口氣，提起一只鱷紋公事包，那公事包看來可比他平時帶去市區醫院的公事包威風太多。

「汪吼……」瘋子瞪大了眼睛，看著一身盛裝打扮的老醫生走下階梯，走入院子，趕緊又叼起了項圈，追在老醫生後頭。

「去去！」老醫生哈哈笑著，到了大門邊，回頭對著瘋子說：「不是說了，今天不散步，明天再帶你們散步，要乖啊，今天佳琪也有約會，不能來跟你們玩，你們自己照顧自己吧，食物都給你們準備好啦。」

「汪嗚……」瘋子和肚皮，便乖乖地坐在大門邊，望著老醫生緩緩將大門關上。

老醫生確實有些古怪，在關上大門時，還俏皮地賞了瘋子和肚皮幾個飛吻，笑得臉都紅了。

「怎麼辦，佳琪每天傷心難過，現在連老醫生也發瘋了汪吼！」瘋子擔心地說。

「可是……老醫生好像沒有難過，反而很開心耶。」肚皮接著說。

「那只是假象，你們太鬆懈了，你們都沒發覺今天的老醫生並不是我們所熟悉的

老醫生嗎？」九官鳥博士這麼說。

「什麼意思啊？我聽不懂哩。」倉鼠阿呆問。

「今天的老醫生，明顯被一種力量控制住了，那是一種遠遠超出你們能夠理解的範圍，那種力量的主人，是來自於距離地球兩百萬光年以外的一個地方……」九官鳥博士煞有其事地說。

「這隻蠢鳥又來這套啦——」

動物們七嘴八舌地爭論起來，客廳裡的緊急會議持續進行著，瘋子、博士、肚皮、三隻倉鼠和烏龜大叔、金魚們花了大約一小時的時間，總算爭辯出了結果，大家以多比一的票數，同意老醫生此時的身心狀況，比較類似「發情」，而不是博士所說的「被外星人控制住了」。

「烏龜叔叔，老醫生發情，會找母醫生交配生出一窩小醫生嗎？這樣家裡變得好熱鬧喔！」肚皮有些興奮，牠已半歲大了，有時在路上碰見了可愛的小母狗或是美麗的大母狗姊姊，總也會令牠有些心動的感覺，那種心動的感覺和開心地撲在佳琪懷裡撒嬌、或是興奮地跟老醫生出外散步，又是別有一番滋味。

「肚……皮……弟……弟……」烏龜大叔用和平常一樣緩慢的語調，說著：「醫……生……不……是……一……種……生……物……類……別……老……醫……生……的……發……情……對……象……不……一……定……是……母……醫……生……」

「啊?」肚皮歪著頭想了想,心中仍然有好多疑問,牠接著問:「那會是什麼呢?母客人?母護士?啊!佳琪也是母的,該不會……」

「夠了!」瘋子咬了肚皮的尾巴一口,又歇斯底里地蹬了肚皮的肚皮幾腳,氣呼呼地說:「發情的話題剛剛就結束了,總之老醫生很開心,不需要我們擔心啦汪吼,需要我們要關心的人,是佳琪小姐!」

「嗯……好啦,那……剛剛老大說的,關於貝殼的事,我覺得很有可能……」肚皮這麼說。

「誰說的汪吼!肚皮,你跟臭貓同一國的!」瘋子氣急敗壞地說。

「不……不是啦!」肚皮急急辯解:「我剛剛想起來,佳琪每一次來,不是都穿著同樣的鞋子嗎?她的鞋子沒有掉啊……」

「……」瘋子歪著頭,似乎也覺得肚皮這論點是有點道理。

大夥靜了下來,各自思索,彼此凝望,在仔細討論該如何尋找貝殼之前,牠們首先得弄懂,「貝殼」究竟是什麼東西。

牠們彼此輪流看著老大交給牠們的那枚蜆殼，九官鳥博士顯然知道那是什麼，牠張揚著翅膀，大發起議論。「這個東西，確實就是貝殼，但是呢，這只是貝殼的一部分。」

「一部分？什麼是『一部分』啊？」倉鼠阿呆抱著一粒又大又飽滿的葵瓜子，不停聞嗅著，這是牠珍藏著打算送給佳琪的禮物。

葵瓜子是倉鼠最喜歡吃的食物之一了，但老醫生每天只給牠們數粒瓜子，免得牠們只吃瓜子，而不吃其他穀類飼料，造成營養失衡。

黑毛通常會在瓜子一入籠的那瞬間，便兇狠地咬開瓜子殼，將瓜子肉一掃而空。阿呆則會將瓜子全藏在嘴巴裡的頰囊中，躲在滾輪裡頭、或是倚在陶瓷小屋旁邊，悠哉地聞聞嗅嗅，慢慢吃著。

而咖啡呢，有時會技巧性地留下一兩顆瓜子，等著阿呆和黑毛都吃完的時候，才獻寶取出，優雅而緩慢地剝殼，故意湊在籠子邊，慢慢地啃一下、緩緩地舔一下，讚美幾句葵瓜子的芬芳美味，時常逗得阿呆涕淚縱橫，氣得黑毛暴跳如雷。

而到今天為止，在阿呆的陶瓷小屋裡，已經藏了十五枚葵瓜子，全都是牠每天儲蓄下來，要送給佳琪的禮物。

被人類豢養的倉鼠，牠們一生的世界，便是那只小小的籠子，一個水壺、一個滾輪、一個小窩，和每天的食物。

阿呆那小小的腦袋沒辦法理解太多有關於人類的喜怒哀樂，牠只知道葵瓜子是世界上最好吃的東西。

牠覺得只要聚集著越來越多的葵瓜子，送給佳琪，佳琪就不會傷心了，就會快樂了，就會像以前那樣，時常流露出幸福地摸著牠的小肚子和小屁股。

「嘿嘿，傻瓜呆，我教教你。」倉鼠咖啡不屑地罵著阿呆，說：「所謂的『一部分』呢，就是你跟黑毛的耳朵，或是手跟尾巴跟腳被我咬下來之後，就變成『一部分』了。」咖啡大聲說完，自然又跟隔壁那恨不得啃破籠子殺過來的黑毛吵了個天翻地覆。

「喔！」博士拍了拍翅膀，說：「咖啡這次說得沒錯，貓老大交給我們的這東西，只是貝殼的半邊，貝殼還有另外半邊，兩個半邊合起來，再加上裡面一個軟軟的東西，就是貝殼啦！」

博士見阿呆仍不明白，便又解釋：「就好比你的瓜子，裡面是瓜子肉，外面是瓜子殼，這個貝殼呢，就像你的瓜子殼一樣，你懂了嗎？」

「原來貝殼就是瓜嘰啊！」阿呆登然醒悟，低頭望著自己手中的葵瓜子，開心地

叫了起來：「我就知道這樣沒錯，我要把我所有的瓜嘰貝殼通通送給佳琪，佳琪會喜歡，她每天都會笑！」

「蠢材——」「傻瓜呆！」黑毛和咖啡同時向阿呆發出了怒罵。

肚皮也不理會櫃子上三隻小倉鼠的喋喋吵鬧，牠只是呆愣愣地問：「那我們到底要上哪裡去找貝殼呢？」

「嗯——」博士在鳥籠裡來回走動，沉思許久，呀了一聲說：「我想起來了，以前在主人家的時候，我見過主人吃貝殼，他們把裡面的肉吃掉，把殼丟掉，看來這些貝殼，應該就躲在我主人家裡……原來如此，一切的謎團全解開了，佳琪小姐的眼淚、貝殼、主人、我的身世、發情的老醫生，原來全都連接起來了！喂，瘋子，替我打開籠子，我得回家仔細調查一趟。」

「汪吼，你別傻了！」瘋子怪叫著：「你的壞主人剪了你的翅膀，你又不會飛，放你出來被臭貓咬死，你的主人是個壞人，貝殼也不會躲在你家，你這神經病鳥，我才不相信你說的話！」

「放屁、放屁！」博士氣憤地拍著籠子，一副要衝出來跟瘋子打架的模樣，牠最痛恨別人說牠不能飛了，牠覺得自己的翅膀雖然受過傷，但早已康復，只要一出籠子，就能衝上青天、衝入雲裡，像是電影裡的超人一樣，自在翱翔、主持正義。

「去……水……邊……找……」

「什麼？」肚皮耳朵尖，在瘋子和博士的爭吵中，總算聽見了烏龜大叔細微的說話聲音，牠走近水缸，豎起耳朵問：「烏龜叔叔，你剛剛說，要去水邊？」

「對……」烏龜大叔動作緩慢地點了點頭，說：「貝……是……住……在……水……裡……的……生……物……你……們……得……往……有……水……的……地……方……找……」

「好！我知道了，我把消息傳給大家——」肚皮又向烏龜大叔問了一些細節，便不理會吵得不可開交的瘋子、博士和三隻倉鼠們，牠自個兒奔出了客廳，奔出了院子，牠來到大門邊，此時大門關著，但底下仍有條縫，有兩個狗鼻子正在門縫下胡亂嗅著。

「嘿，肚皮，佳琪小姐來過了嗎？她滿不滿意大家幫她找的鞋子？」一隻流浪狗這麼問。

「不是啦，是瘋子搞錯了……」肚皮伏下身子，用自己的鼻子，碰碰門縫外的狗鼻子，跟著噗出一枚小東西，就是那蜆殼，牠說：「佳琪小姐掉了的東西，是這個東西，這是『貝殼』。」

「汪，不是鞋子？」外頭打探消息的狗兒顯然不止一隻，牠們先是起了一陣混亂，好不容易搞懂了情況，又和肚皮再三確認了貝殼究竟是什麼，這才一面抱怨瘋子亂傳消息，一面各自散開，將「尋找貝殼」的消息，傳送開來——

一戶人家裡，從老巴哥口中收到了最新情報的八隻拉不拉多小幼犬，再一次騷動起來了，牠們奔動著小小的身體，四處聞嗅，開始尋找家中有水的地方。

「水！」「水水水！」「水水水水水！」

三隻小拉不拉多疊起了羅漢，最上頭那隻望著馬桶裡的水窪不停地嗅。

兩隻小拉不拉多跳在沙發上，用臉貼著魚缸，牠們覺得裡頭有幾樣東西，很像是老巴哥說的「貝殼」。

一隻小拉不拉多望著廚房流理台，矮下身子，跟著奮力一跳，當然跳不上去，牠側耳聽著那沒有關緊的水龍頭偶爾傳出的滴答聲，牠知道上頭應該有水源，或許會有佳琪小姐的貝殼。

一隻小拉不拉多在開飲機旁繞著圈圈，將四周的瓶瓶罐罐都翻倒了，牠讓一堆亂七八糟的小東西搞得頭昏腦脹，不曉得到底哪一個才是貝殼。

一隻小拉不拉多對著後陽台的洗衣機狂吠不止，牠聞到了水的味道，牠瞪著那猶自轉動著的洗衣機，牠相信裡頭藏著好多貝殼。

消息旋風似地席捲開來，狗兒們在地表作業，貓咪們在牆上和樓宇屋簷間穿梭，鳥兒們在空中翱翔。

到了下午的時候，以老大為首的流浪貓們，在家貓的幫助之下，已經蒐集到了一百多枚貝殼，大都是從餐廳或是家裡的垃圾桶搜刮出來的蜆殼、蛤蜊殼，有大有小，牠們將這些貝殼往寧老醫生家院子裡送，堆在一株樹底下，由老大居高臨下看管，以免被瘋子搶去居功。

而狗兒們，由於沒有個頭頭指揮調度，加上消息傳遞之間，總是有許多誤差，一開始可混亂了，那些養狗的人家裡，全給「尋找水源」「尋找貝殼」的家犬們鬧了個天翻地覆，但在鎮上幾隻見多識廣的老狗們指點之下，總算也漸漸弄懂了「貝殼」到底是什麼玩意兒。

狗兒們接力傳遞著各式各樣的「貝殼」，有些是貝殼造型的兒童玩具，有些是主人的收藏品，有些是類似貝殼形狀的醬料碟子，有些是從衣服上扯下來的貝殼鈕釦或是飾物，大大小小的「貝殼」，全塞入了老醫生家門縫底下，由肚皮叼往樹下，聚成

了另一堆。

瘋子在客廳和博士吵得膩了，跑出了院子，伏在草地上看著肚皮忙進忙出了好一會兒，不知是健忘還是善變，或者是自知理虧，又或是對那些細細碎碎、有大有小的貝殼也產生了點興趣，總之，牠不再堅持佳琪掉的是鞋子了，牠歪著頭流著口水奔回客廳，向烏龜大叔也問了些關於貝殼的事。

瘋子自個兒來到了院子裡，左顧右盼，跟著咬開了院子裡的水龍頭開關，叼著水管，將那些空瓶空罐空盆子，全都注滿水，又將院子裡一些低窪處，也都注滿了水。

牠踩著水，四處蹦跳，玩得不亦樂乎，牠一點也不屑老大跟肚皮各自蒐集而來的貝殼，牠流著口水對牠們說，只要到了晚上，等月亮出來，就會長出好多貝殼了。

到了晚上的時候，寶姊帶著鳥兒們也回來了，牠們的嘴上、爪子上，都抓著貝殼，那是牠們花了一整天的時間，飛到了最近的海岸邊叼回來的新鮮貝類，或是漂亮的空殼。

老大、肚皮和寶姊商量之後，決定把大家各自蒐集而來的貝殼，集中在一起，方便管理，肚皮從院子花架後頭，咬出了個舊箱子，大夥兒分工合作，開始用瘋子擺在周遭那些小盆、小罐裡的清水，清洗著那些沾滿了狗兒口水，或是從垃圾桶中翻出來的髒貝殼。

鴿子們也一啄一啄地啄開一些生貝，吃去裡頭的貝肉，再將空殼扔進小盆裡，肚皮伸入爪子，在盆裡攪動，洗淨那些貝殼。

在客廳裡睡了大半晌的瘋子來到了院子，見到牠擺在四周的水盆，和那些水窪，果然出現了好多貝殼，有大有小，有的顏色鮮豔、有的形狀可愛，可是得意萬分。

而當牠見到老大、肚皮、寶姊們都在搬弄那些貝殼時，可是氣得亂吼亂叫：「汪吼！你們在幹嘛，幹嘛亂動我的貝殼啊！」

「瘋子，這是我們花了一整天找來的貝殼。」肚皮這麼向瘋子解釋，又補充說：「何況這些貝殼，都是要送給佳琪的，你的我的，還不都是一樣嗎？」

「汪吼，亂說！」瘋子哪裡聽得進去，牠咧開嘴巴，露出利齒，兇悍說著：「這些通通都是我的貝殼，是我要送給佳琪的貝殼，只有我跟佳琪才可以玩這些貝殼，你們都是小偷，快給我滾開汪吼！」

肚皮還想解釋些什麼，老大從樹上躍了下來，用爪子拍了拍肚皮的屁股，說：「讓我跟牠講講道理，你快點把貝殼洗乾淨，要是老醫生回來，看到這邊一團亂，說不定以為你們兩個在搗蛋，把這些貝殼通通又丟掉了，那麻煩可就大了。」

「喔……」肚皮想想也是，望了望佳琪的窗，佳琪的窗，始終垂著窗簾，房間一整天都是暗著。

老大開始和瘋子「講道理」，瘋子在五招之內就夾著尾巴逃回了客廳，對著院子吠叫一陣，重新殺來，彷彿忘了先前的事，牠再一次叫陣、再一次和老大「講道理」，然後再一次地逃回院子，如此循環了許多次後，終於乖乖趴在一處小水窪邊，爪子下按著一枚帶著裂痕的小蜆殼，鼻子噗噗抽動，淚眼汪汪地仰起頭來，對著那升到了天空正中的月亮，哎嗚哎嗚地埋怨別人搶了牠要送給佳琪的禮物。

「不好啦、不好啦……喵嗚！」

一隻全身淡黃、只臉上帶著一大塊深褐色斑紋的小貓嘍囉，自巷口的牆沿邊衝出，且還因為奔跑過快的關係滑了一跤，滾動大半圈後，這才重新站穩腳步，繼續叫著往這頭衝來。

收到了手下通報的老大，立刻躍上了樹，望著那隻奔來的小貓嘍囉。

「小面具，發生什麼事啦！」老大躍下地，攔下了那叫作「小面具」的小貓嘍囉。小面具也不顧剛才滾得滿身髒泥，一見老大，立刻撲了上去，喵嗚嗚地哭著說：「喵嗚，寧老醫生跟人打架，受傷了，還流血了，嗚嗚！」

「什麼！」老大訝然追問著，問清了地點，那是數條巷子外的一處社區小公園，早晨時有些老人會在那兒運動，下午時會有些放了學的孩子在那兒玩耍，夜晚則有些流浪漢在那邊遊蕩喝酒，寧老醫生從來沒在入夜之後去那地方。

「大家跟我來！」老大一聲令下，數隻流浪貓跟在後頭，風也似的朝那小公園奔去。

小面具連忙也轉身追上。

圍牆那頭的肚皮和瘋子，可沒聽清楚老大和小面具的對話，只以為又是哪個地方有狗兒和貓兒開打，老大率眾去支援了。

肚皮洗淨了最後一枚貝殼，將之啣起，扔進身旁那只大紙箱中，望望裡頭那堆了個半滿的貝殼，心中十分滿足，跟著，牠還記得老大的叮嚀，將紙箱推呀推地推入了一處花架後頭，免得老醫生回家時，這半箱貝殼，被當作是垃圾扔了。

肚皮總算忙完了，累得癱了，牠回頭看看瘋子，瘋子仍呆呆地望著月亮，肚皮也看了看月亮，好晚了，老醫生怎麼還沒回來。

老大領著數隻野貓在牆壁和電線桿間彈蹦、在狹窄小巷中穿梭，途中碰上了其他負責巡邏的貓嘍囉，也一併喊來。當牠們抵達小公園時，已有十數隻之多。

小公園裡的路燈青森黯淡，但四周有些住戶陽台亮著燈，有幾個人都往小公園中央的鞦韆那兒望去。

老醫生橫躺在鞦韆旁，身上的漂亮西裝上全是髒污泥沙，皮鞋都掉了一隻。

一個老婦人蹲在寧老醫生的身邊，憂心關切在寧老醫生身旁低聲喊著他的名字。

另一邊，一個鼻青臉腫的流浪漢一手摀著頭，舉著一枚磚頭，胡亂揮舞、大呼小叫，也不知是在向誰叫囂，那流浪漢罵了一陣，搖搖晃晃地往老醫生走去，像是喝醉了一樣。

「喵——」老大衝了上去，先是踩上了那流浪漢的腿，跟著彈蹦上了他的肩，爪子一扒，在那流浪漢的脖頸之際，扒出了一道血痕。

「啊呀！」那流浪漢大叫一聲，嚇得跌倒在地，還不知道發生了什麼事，撇頭一看身旁站了隻兇巴巴的大灰貓，立刻摸回了落在腳邊的磚頭，往大灰貓砸去。

老大閃開，尖叫幾聲，弓低了身子，又要朝那流浪漢躍去。

「貓老大，你冷靜點，打傷老醫生的人不是那個酒鬼汪——」一個老狗叫聲，從小公園旁一處老公寓的後陽台喊來。

「什麼？」老大呆了呆，轉頭往那聲音處看去，攀在那老公寓後陽台欄杆縫往這兒喊的狗，是隻老馬爾濟斯。

「是四個男孩子……」老婦人摀著心口，哽咽地向趕來的年輕警員說著。

年輕警員愣了愣，這才放開了那個讓他壓倒在地的流浪漢。

一旁的寧老醫生被救護人員抬上了擔架，還勉力地朝著老婦人搖了搖手，嘿嘿笑著說：「阿寶，我又沒事，別替我擔心。」他的右眼瘀青，額頭一角腫了個包，還淌著血，他被抬上救護車之前，還朝那老婦人喊著：「阿寶，妳別擔心、別擔心，幾個臭小子的拳頭我根本不放在眼裡，妳回去早點歇息，我明天打給妳……咦？妳怎麼也跟上了車，妳別擔心我，我沒事啦……」

「老先生，老太太她驚嚇過度，身子也不大舒服，一起在車上去醫院看看也比較安全點。」一名攙扶著老婦人跟上救護車的醫護人員這麼對寧老醫生說。

「啊！阿寶妳沒事吧，這兒給妳躺！」寧老醫生邊說，便要撐身坐起，卻又讓醫護人員壓下，他身上也帶著酒氣，氣呼呼地要反抗醫護人員。

「老寧啊，你就乖乖躺著吧。」老婦人嘆了口氣，伸手過去按了按寧老醫生的手背。

寧老醫生這才安靜下來，嘿嘿笑著說：「好，妳要我躺，我就躺啦。」

一旁押著那鼻青臉腫的流浪漢的年輕警員，見寧老醫生安靜下來，這才開始詢問起剛剛的事發經過。

老婦人呼了口氣，和寧老醫生、流浪漢你一句我一句地講了開來，救護車緩緩駛動，老大領著一群野貓，都來到了那靠近老狗爺爺家中後陽台的一株樹上，也聽著那老狗講著半小時前的事。

那時候已是入夜時分，寧老醫生帶著寶老太太來到了這小公園。

他們是在前幾個禮拜的一次老同學會上碰面的，在很多很多年以前，在寧老醫生還是學校的球隊副隊長時，在寶老太太還是那掛著兩條辮子的美麗女學生時，他們彼此曾有那麼一小段時間，是對對方有那麼點意思的。

那時寧老醫生的球技平平，但生得人高馬大，加上生性開朗、人緣極好，功課也不差，頗得老師喜歡，讓他當個副隊長，也挺讓同學隊友們信服。

寶老太太是個嬌滴滴的漂亮大小姐，由於內向害羞的關係，在學校裡倒是沒有太多朋友，課餘時便喜歡窩在圖書館裡看些閒書。

寧老醫生是在一次支援圖書館大掃除的時候認識了寶老太太。

過了幾十年之後的寧老醫生，只記得那一天的黃昏，他和一批球隊隊員，滿身大汗、眼冒金星，在圖書館到隔壁樓三間空教室之間，不知道往返了多少趟，才將圖書館裡的藏書，全搬入了那三間空教室裡，讓裝修工人得以拆下圖書館裡那些老舊書架，準備重新裝修整間圖書館。

寶老太太呢，則在三間堆滿了書的教室裡，和另一批學生，分類整理那些書籍。

喂，同學，書不是用來坐的，是用來讀的——這是寶老太太對寧老醫生說的第一句話，他們便這麼認識上了。

同學，我喜歡，怎麼樣——這是寧老醫生當時的回答。

我去跟老師講，你有種就別起來——這是寶老太太的反擊。

在寶老太太帶著老師趕來前，寧老醫生當然早就逃之夭夭了。

畢竟是年輕男女，不吵不相識，他們在那一小段時間裡，會相約讀點書、相約看看球，但最終沒有進展。

那時候的寧老醫生，成績雖然不差，但性子便是有些過動，很難靜靜地和寶老太太在圖書館一言不發地看上幾個小時的書，他頂多翻翻動物圖鑑，隨手拿筆在筆記本上畫些怪裡怪氣的小貓小狗獅子老虎，故意要逗寶老太太說話或是笑出聲，次數多了，寶老太太便也只好闔上書，拉著他離開圖書館，避免鄰桌同學的不滿眼光。

相對的，寶老太太對籃球更是一竅不通，即便去看寧老醫生打球，身邊也帶著本書，把球場當成了圖書館，總是錯過了球技平平的寧老醫生好不容易投中的那個威風畫面。

在畢業之前，他們都交了各自的男女朋友；畢業之後的人生，更是恍如隔世，兩個毫無交集的人，再也沒有聯繫。

匆匆一過幾十年，寧老醫生的第二任妻子在多年前病逝，寶老太太的老伴五年前也離開了人世。

一直到不久之前，有人發起了那場同學會，說是同學會，但相隔了幾十年，難得有人發起聚會，也沒人在意當年同不同班，一群七老八十的爺爺奶奶，即便是同班也不見得記得，即便是不同班，也當成是同班了，反正還活著的、還走得動的，包括根本不同班甚至不同年級的寧老醫生和寶老太太，都這麼給喊去參加了，兩人這才再次見到了對方。

當他們在同學會上相遇，那些零零散散、可愛的、有趣的、失落的、七拼八湊的回憶全又重新浮現出來，他們聊了大半天之後，竟倒覺得對方橫看豎看倒著看，都像是老天爺安排在彼此人生大戲的落幕之前，那最後的答案。

同學會後的第二天，寧老醫生便寄了一套書給寶老太太。

兩天後，寶老太太回寄了一條領帶。

寧老醫生當天又寄了一套書給寶老太太。

寶老太太又回送了一盒點心酥。

在隔天那炎炎晴朗的近午時分，打開點心酥吃了一口的寧老醫生，從口腔到心扉都感受到了那點心酥的甜美滋味時，立時迫不及待地再寄去一套早已準備好的書，裡頭還附了他自己寫的詩詞。

下午他又跑了一趟郵局寄了幾本書，晚上他又去了便利商店買了幾本書直接宅配送去。隔天上午他又寄一本、中午再寄兩本、傍晚再宅配！

他也不大清楚寶老太太到底愛看什麼書，聽人說什麼好便寄什麼書，連一套神魔鬼怪殺得地暗天昏的奇幻長篇大冒險也這麼宅配到了寶老太太府上。

隔天他接到了寶老太太的電話，說其實年紀大了，眼睛已經沒辦法讀書看字了。

寧老醫生羞愧之餘，連聲道歉，這才敲定了今天的相會。

他們上博物館看了藝文展覽，又上百貨公司逛著家具精品，聊著這幾十年來各自發生的點點滴滴。

最後，他們在一個高雅的餐廳裡，享用了一頓豐盛的晚餐，寶老太太身體保養得宜，寧老醫生筋骨也算是健朗，兩人便來了點小酒，酒性一起，聊得更歡暢了，只覺得彼此加起來那一百幾十年的故事，即便講上一整天也說不完。如果可以的話，他希望能一直和寶老太太講話，講到再也不能講的那一天為止。

或許寶老太太也是這麼想的，便撥了通電話囑咐了家中幫傭一些雜事，和寧老醫生聊呀聊地要來逛逛老醫生的醫院，也想瞧瞧老醫院家裡那隻神經病小狗，和幾十年前老校長養的那隻神經病小狗到底有多像。

在走回動物醫院的路上，他們經過了那小公園。

然後便是那場紛爭了，起因也沒什麼稀奇——有四個年輕小伙子莫名其妙地捉弄毆打一個孤單喝酒的流浪漢，天生有副仗義性格的寧老醫生，在酒精催動之下，挺身出面喝斥，然後換來了一頓好打。

四周乍起的狗吠貓叫驚動了附近住戶，有些人大聲斥罵、有些人報警，這才嚇跑了那四個年輕人。

「找出他們、殺死他們——」瘋子聽了老大返回之後的轉述，氣得發瘋了，大力扒門，就想要衝出去咬人。

肚皮不安地繞著圈圈，一會兒看看月亮，一會兒追問老大一些不相干的事，牠嚇得慌了，牠只有半歲大，寧老醫生是收留牠的恩人，也是照顧牠的親人，牠從來也沒想過會有失去寧老醫生的一天，也從來沒有碰過在深夜時分，寧老醫生卻不在家裡的經驗。

跟著，肚皮注意到不知什麼時候，佳琪的窗簾拉開了，窗戶也敞開著。

佳琪伏在窗邊，望著天空，雖然距離有些遠，但肚皮感覺到了，佳琪的心情可比老大和瘋子和自己，都更糟糕了十倍不止。

肚皮知道佳琪在哭，而且哭得很傷心很傷心。

05 也不是鞋子不是貝殼

由於昨晚下了場雨的緣故，今天清晨格外地涼爽，院子裡依稀傳來嘰嘰喳喳的蟲鳴鳥叫聲，一陣微風吹得幾株樹枝葉搖晃。

但客廳裡的氣氛卻異常地低迷。

肚皮靜靜地趴在小窩裡，瘋子則是躺在小窩外一公尺的大理石地上，呆愣愣地望著櫃子上的三個倉鼠籠。

咖啡坐在籠中一角，捧著一枚昨天預留的葵瓜子，這是牠常用來逗弄黑毛和阿呆的花招，但此時耍來，卻是有氣無力；黑毛雙爪抓著籠子欄杆，望著對面的咖啡，眼神中也缺少了以往的殺氣；另一邊的阿呆，像是失了魂般的在籠子裡四處走動，一會兒走走滾輪、一會兒扒扒鼠砂、一會兒躲進小窩，然後又出來。

烏龜大叔始終縮在殼裡，博士則一動也不動地望著大門的方向。

喀啦——

那是鑰匙轉動的聲音。

「汪汪汪汪汪！」肚皮和瘋子觸電似的彈了起來，衝出客廳，衝入院子，也不理後頭騷動起來的動物們。

「早安啊。」

佳琪今天穿著和往常一樣的短袖上衣和牛仔褲，黑色粗框眼鏡底下，是紅腫的眼睛。

「怎麼啦，怎麼這麼想我？」佳琪讓瘋了似的肚皮和瘋子纏得哭笑不得，她好不容易走到了客廳門前，朝裡頭喊了幾聲，沒有得到回應，便也不以為意。雖說今天不是她的打工日，但她仍然想來看看醫院裡頭的動物，她見到博士和倉鼠們的籠子都還沒清潔，便也如平時那樣替牠們清潔起籠子。

她先替博士清潔著籠子，博士不停地對她講著這一連串事件背後的大陰謀，佳琪自然聽不懂，她唯一聽得懂的，是博士那嘰嘰呱呱的鳥語裡摻雜著的人話「看病、看病！」「發財、發財……」

跟著她來到倉鼠小櫃前，將三隻倉鼠各自放入了三只不同的塑膠小盒子裡，將牠

們的籠子搬到院子裡，用水仔細地沖洗著，當然，還要試圖安撫著在她身邊撲來抱去的肚皮和瘋子。

「你們是怎麼了啦！哈哈！」佳琪見瘋子比平常更瘋，肚皮也瘋瘋癲癲的，不禁有些莞爾，她捏緊橡皮水管，讓水花濺上天空，或是射向遠方，誘使瘋子和肚皮去追逐那水柱的著地點。

「佳琪！老醫生受傷了，牠住院了，我們好害怕！」肚皮嚷嚷喊著：「還有，為什麼妳這麼難過呢？為什麼妳昨天在哭？」

「汪吼！汪吼吼汪！」瘋子則像是起乩一樣地搖頭甩舌，不停追咬著那噴過來濺過去的水花。

佳琪好不容易洗完了籠子，還順便澆了澆花，抬頭看看天空，嗅著清新空氣，長長地吁了口氣。

她將倉鼠籠子擦乾，帶回了客廳裡，三隻倉鼠在三個塑膠盒裡，依然可以隔空吵架。

「這次肯定是我先！」黑毛大聲喊著。

「哼，白日夢。」咖啡不屑地說：「連續三個禮拜，都是我先，哪輪得到你這神

經病鼠。」

「咖啡，我聽得見你的聲音，我知道你在哪裡。」黑毛恨恨地說：「等會兒我會跳下去，跳進你的盒子裡，殺死你！」

「我等你。」咖啡哈哈大笑。「你趕快跳過來，我會讓你的頭跟你的身體分開來，然後把你的頭擺在我的小窩上當作裝飾，再把你的四個臭腳丫塞在你的頭的嘴巴裡面，然後把你的臭肚子吃掉，再把你的臭尾巴掛在門口，你說好不好啊。」

「咖啡，我跟你勢不兩立！」黑毛氣得眼睛都要噴出火了，在塑膠小盒子裡不停地往上亂扒，就想要爬出小盒子，找出咖啡痛打一頓。

阿呆則鼓著嘴巴，嘟嘟囔囔地說不出話，牠的兩頰頰囊裡塞了好幾顆葵瓜子，此時圓滾滾地坐在小盒子裡，摸著自己的肚子。

「咦？阿呆怎麼瘦啦？」佳琪來到了診療台邊，望了望小盒子裡的倉鼠們，她伸手進了小盒子，抓出了阿呆，捧在手掌心上，摸摸看看，拉了拉牠的小腳，摸了摸牠的尾巴和腦袋，準備將牠放入那換上了新的木屑和鼠砂的籠子裡。

阿呆緊緊抱住了佳琪的手腕，不願進籠子裡。

「誰，是誰？是不是咖啡，還是阿呆？」黑毛聽見了佳琪的聲音，氣呼呼地喊著：

「臭佳琪，每次都不先抱我，快抱我，不要抱那兩個畜生！」

「佳琪先抱的當然是我。」咖啡在另一只小盒子裡悠哉地說謊。「我就說你不得人疼，你看看你從頭到腳，沒有一個地方能看、沒有一個地方像倉鼠，你的頭像豬、腳像狗，蛋蛋袋裡兩個蛋蛋還被我偷走一個，難怪心智不正常！」

「我殺你——」黑毛怒吼。

「你來啊。」咖啡打了個哈欠。

佳琪見平時乖巧的阿呆不願回籠子，先是一愣，跟著用手指輕輕地撥著阿呆的屁股。「怎麼啦？怎麼你也這麼想我啊？」

本來傻愣遲緩的阿呆，此時不僅有些瘦了，且動作變得俐落許多，靈活地躲開佳琪的手指，硬要坐在佳琪的手掌心中，同時用爪子不停推著雙頰，推出了一枚葵瓜子。

「怎麼啦？不舒服嗎？」佳琪愣了愣，將阿呆湊近臉前，仔細地看牠想要做什麼。阿呆不停地擠出瓜子，牠捧起一枚最大的瓜子，高高舉著，嘰嘰喳喳地說：「佳琪，這些葵瓜嘰，通通送給妳，希望妳每天都開開心心，快快樂樂——」

「怎麼啦？」佳琪捏起那葵瓜子看了看，跟著捏起阿呆脖子後面的軟皮，將牠提了起來，檢查牠的嘴巴。「是不是牙齒長太長了，咬不開瓜子啊？」

「呀……這樣我不舒服……」阿呆不解地掙扎起來。

佳琪檢查半晌，確認牠牙齒正常，又將牠擺回了手掌心裡，阿呆有些委屈，且受了點驚嚇，又吐了些東西出來，是些穀類和大便。

「啊，嚇到你啦。你嘴巴藏好多大便。」佳琪輕輕揉了揉阿呆的頰囊，摸摸牠的背，讓牠放鬆點，別害怕。

「為什麼你不回籠子呢？」佳琪摸著阿呆的背，若有所思。

咖啡伸了個懶腰說：「我說佳琪大小姐啊，那個小賤貨不想回籠子，妳把牠扔進馬桶沖掉就好了，我想回去尿尿啊，快把我放回去吧。」

「佳琪，快把我擺進咖啡那邊，我要殺牠！」黑毛也吵個不停。

阿呆又重新捧起一枚瓜子，高高舉起，說：「瓜嘰給佳琪……」

「嗯？要我幫你剝啊？懶惰鬼，越來越懶了……」佳琪捏過那枚葵瓜子，輕輕地剝開。

當她剝好了瓜子的時候，卻見到阿呆將落在診療台上的穀類跟大便，都塞回了嘴裡，但那幾枚瓜子，卻被牠推來自己的手邊。

「阿呆……」佳琪愣了愣，捧起阿呆，將那剝了殼的瓜子肉，擺在阿呆嘴邊。

聞到了瓜子肉香的阿呆，吸了吸鼻子，像是忍不住那美味了，牠輕輕咬了一小口，在嘴巴裡嚼著，哽咽地說：「好好吃……但是佳琪妳為什麼不開心，只要讓妳開心，我願意把瓜嘰都給妳……」阿呆邊說，緊緊抱住佳琪的手腕，舔著佳琪的手指頭。

「阿呆好喜歡我喔。」佳琪淡淡笑了笑，若有所思地摸著阿呆的背毛，突然聽見身後傳來喀啦啦的聲音，回頭一看，是肚皮。

肚皮叼了一枚好大的貝殼湊了上來——那其實是個貝殼造型的醬油碟子。跟在肚皮後頭的是瘋子，瘋子嘴巴合都合不攏，跑到了佳琪面前，汪地吐出一堆貝殼，有蜆殼、蛤蜊殼、螺殼、貝殼造型小玩具等等……

「怎麼會有這麼多貝殼……」佳琪愣了愣，還沒反應過來，肚皮和瘋子便已經鑽入了佳琪懷裡磨磨蹭蹭著。

「哈哈！哈！」佳琪讓肚皮和瘋子的胡亂磨蹭得笑個不停，掌心上的阿呆也給搖得差點落下，阿呆咬著瓜子肉，緊緊抓著佳琪的大拇指。

「你們對我最好了……」佳琪呵呵笑著，用騰出的那手摸摸肚皮和瘋子。

她起先是笑，跟著鼻頭一酸，哽咽起來，又勉強笑了幾聲，眼淚已經奪眶而出。

「只有你們對我最好，只有……你們還喜歡我……」

昨天，她並沒有和偉志約會。

偉志打來了一通電話，取消了中午的約會。

和後天的約會。

和那些曾經共同決定了的、尚未決定的，往後的所有約會。

偉志提出了分手。

偉志的理由聽來便和他的人一樣有風度有說服力，在冠冕堂皇之中還夾帶了些許依依不捨，這讓佳琪還想要對偉志說好多、好多話來挽回些什麼，她哭著說自己一定會找出小貝殼；她哭著說自己一定會努力讓自己更成熟、更懂事；她哭著說他們還有好多地方沒有去過；她哭著說昨天帶給他的小點心裡，有一隻串珠小瘋子。

她哭著說了許多話，但是當她聽見偉志家中電話那端隱約傳出了小帆甜膩膩的話語聲，而偉志也只是淡淡地敷衍幾句時，她便只有哭，再也說不出什麼話了。

「汪吼！」瘋子和肚皮見到佳琪竟然哭了，都嚇得不知所措，靜靜地讓佳琪摟在懷中，任由佳琪一滴滴的眼淚滴落在牠們身上。

「他不要我了……他說我們不適合，他說我不懂事，他說……我像個小妹妹……

但是……他以前說……喜歡我也是因為……我像個小妹妹……為什麼……現在……我早就知道了……自從她出現之後，他的心就飛走了……飛走了……」

佳琪倚著小櫃子，不停地哆嗦哭泣，她的眼睛已經很腫了，昨天流了一整天的眼淚，顯然不能將難過完全釋放。

「呃？」

一個皮膚黝黑的年輕人，呆愣愣地站在客廳外頭，望著一手托著倉鼠，一手緊抱著兩隻小狗，倚在小櫃子邊放聲哭泣的佳琪。

「汪汪汪汪！」「汪吼吼吼！」本來窩在佳琪懷中一動也不動的肚皮和瘋子，對這個陌生年輕人的到來，顯然也提高了警覺，牠們掙脫出佳琪懷中，一左一右地逼近客廳玻璃門前，咧嘴吠叫起來。

「咦？」佳琪慌亂地站起，一面拭淚，一面將阿呆放入籠子裡，將籠子門關上，阿呆還呆愣愣地沒有回神，躺在柔軟的木屑堆中，舔著佳琪落在牠身上的眼淚。

「對……對不起，請問你要來看診的嗎？現在老醫生只接受預約看診，而且……他現在好像不在……可能……外出了……」佳琪吸著鼻子，將眼淚擦乾，不好意思地

解釋著。

「不……不……」那年輕人望了瘋子幾眼，蹲了下來，拍拍手說：「小瘋狗，別叫了，來來！」

「汪吼！」瘋子猶自叫個不停，但又像是受了那年輕人拍手的誘惑，一面吠叫一面扭了過去，扭到了年輕人腳邊，被他摸了摸頭又捏了捍脖子，終於忍不住躺倒在地，露出了肚子。

「汪……你！」肚皮見瘋子一下子就被這陌生人制伏了，心中駭然，氣呼呼地衝了上去，罵著：「瘋子，你忘記昨天老大說過，老醫生不在的時候，我們要保護這個家、保護佳琪嗎？」

「汪吼！老大算老幾？不要拿牠壓我！」瘋子一面享受年輕人的搔肚子，一面辯駁：「這人是老醫生的朋友，我見過他幾次，他不是壞人汪吼！」

那年輕人向佳琪笑了笑，說：「啊，妳應該是寧老師說的黃小姐吧。其實寧老師他出了點意外，現在人在醫院……」

「啊！」佳琪先是一呆，跟著驚訝地問：「寧老醫生怎麼了？」

年輕人先安撫了肚皮和瘋子，跟著向佳琪大略解釋了老醫生昨晚的意外，和自己

的身分——

他叫林立國，是市區動物醫院裡的菜鳥實習醫生，在老醫生的請託之下，負責在寧老醫生住院這段期間，處理那些已經預約看診的老客戶，同時替老醫生打包整個家。

「啊！診所真的要歇業了……」佳琪有些呆愣，雖然她早已知道老醫生有意退休，卻沒料到會這麼快。

「是啊。」阿國點點頭，說：「寧老師早就打算退休享清福了，只是拗不過那些客戶懇求，現在剛好有這機會，院長便派我來幫寧老師處理這些後續瑣事，讓寧老師沒有後顧之憂，專心談戀愛吧。」

「啊！」佳琪也是第一次聽說這事，不免有些好奇：「老醫生……談戀愛？」

「哈哈。」阿國笑了笑說：「是啊，好像是之前在同學會碰到了老同學，一下子老天雷勾動了老地火，一發不可收拾了……」他補充說：「本來我們院長還想要拗寧老師回到我們醫院，專心當個顧問，一來藉著寧老師的招牌拉攏那些政商名流、二來還可以就近指導我們這些晚輩，但現在見寧老師一下子像是年輕了五十歲，又變回了以前那個『浪漫小寧』，便也不忍心讓他再因工作操心了，寧老師這輩子幾乎都奉獻給動物，現在也該為自己而活了。」

「哇……」佳琪露出了不可思議的眼神，她絕難將寧老醫生和「浪漫小寧」這稱號聯想在一塊兒。跟著她又想到一件事，便問：「你剛剛說要打包，寧老醫生要搬到新家去了？」

寧老醫生三年前購入了一間新屋，便是打算當作二度退休之後的隱居住所，這事佳琪也聽說過。

「嗯。」阿國點點頭：「如果還住這裡，那些老客戶抱著動物來，寧老師還是很難推辭，大概還是和之前一樣不得安寧囉。」

「這樣啊……」佳琪點點頭，望了肚皮和瘋子一眼，心中茫然。「所以，以後我就見不到牠們了……」

「這……」阿國愣了愣，說：「我記得寧老師說，預約的客戶大概排到八月底，最後一個客戶是八月底的健康檢查，這段期間我都會在這裡待命，妳暑假在這裡打工，還是可以天天看到牠們，寧老師大概再過一兩個禮拜就出院了，到時候再看他怎麼安排了。」

「嗯……」佳琪點點頭，聽見一旁診療台邊的兩只塑膠小盒發出窸窸窣窣的聲音，這才想起還沒將咖啡和黑毛放回籠子。兩隻倉鼠剛剛在小盒子裡吵架吵到很累了，此時也不再多說什麼，靜靜地攤在佳琪的手掌心上，乖乖地被放回了籠子。

佳琪雖然想和肚皮、瘋子多玩一會兒，但她心情仍未平復，又想起剛剛自己那狼狽模樣讓阿國見到了，也不免有些尷尬丟臉，簡單道別之後，便匆匆離去了。

「汪吼！黑皮膚小子，你不要以為剛剛摸了我幾下肚子、又跟老醫生有點交情，就可以當這個家的大王了，我告訴你，這個家的大王只有一個，那就是我，瘋子汪吼！」瘋子搖著尾巴，垂著舌頭，搖頭晃腦地跟在阿國身後走進走出，而肚皮則始終帶著點敵意地跟在更後頭，監視著阿國的一舉一動，畢竟阿國半年前來老醫生家中作客時，那時肚皮還沒出生呢。

阿國花了點時間，把寧老醫生這診所兼住宅的透天小公寓逛了一遍，手上還拿著個小筆記本，估算打包時需要用上的紙箱數量，當他上了三樓，見到三樓那堆積如山的書籍和收藏品時，不禁呆立半晌，打包所需要的紙箱，可能高達三位數。「看來從明天開始，可有得忙了……」

阿國下了樓，在老醫生的辦公桌前坐下，他在市區動物醫院只是個實習醫生，還沒有自己的辦公室，他不免有些興奮，翻了翻那些預約好要來看診的動物病例，已經

有些躍躍欲試了，但今天週日，沒有預約的動物病患，他無聊之餘，便幫診所裡的動物們做了個簡單的身體檢查，一直到了傍晚，替動物們各自擺放了飼料，這才離去。

「所以，從明天開始，這個地方就多一個『小醫生』了？」老大伏在客廳上一張皮沙發上，望著蹲在客廳紗門邊的肚皮。

「對啊……」肚皮茫然地用後腳搔著頭，遠遠望著佳琪房間的窗，窗簾依舊拉下，隱隱透著燈光，肚皮年紀還太小，對這接二連三發生的事一時間也無法消化太多，牠只希望老醫生快點回來、佳琪不再悲傷，牠對什麼小醫生阿國啦、老醫生退休啦、老醫生談戀愛啦什麼有的沒的，一點也搞不懂。

「所以，我們找了好久的貝殼，也沒用了？」老大又問，牠望著地上那些零星的小貝殼──肚皮和瘋子還記得上午佳琪見到了貝殼，哭得更兇。

「我想我們可能又弄錯了……會不會……不是佳琪弄丟了東西，而是佳琪被別人丟掉了……」肚皮若有所思地說：「就像以前我裝在袋子裡，被丟在垃圾桶的時候一

樣。」

「汪吼，是這樣嗎？是這樣嗎？」一向愛和所有人唱反調的瘋子，本來想發表些不同意見，但只汪了一聲，突然伸了伸舌頭，像是明白了什麼。

總是愛把任何事都和超自然或是國際陰謀扯在一塊的博士，也靜靜地望著紗窗外的遠方天空。

一天到晚吵鬧不休的咖啡、黑毛和阿呆，此時都湊在籠子邊，靜靜聽著。

牠們心中都有了一種「可能喔」的感覺。

牠們都曾經歷過，被最愛的人遺棄了的經驗。

仔細想一想，牠們有些能體會佳琪哭泣時的那種感覺了。

「我被佳琪從垃圾桶撿出來，帶到這裡的時候，好像每天都在哭。」肚皮說。

「因為你那時候是剛出生的小小狗，所以每天哭，不是因為難過才哭汪吼。」瘋子這麼說，牠吸哩一聲，把自己歪垂在嘴外的舌頭縮回了嘴裡，正經地說：「我被主人打斷腳丟在路邊差點死掉的時候，才每天哭，跟你不一樣。」

「那後來你們怎麼不哭了呢？」阿呆突然出聲問。

「後來……」瘋子想了想，說：「老醫生對我們很好汪吼，比舊主人好很多，所

以不哭了。」

「對，而且我漸漸明白上天賦予我的任務，我知道哭泣是成不了事的，我得勇敢發掘我的身世和隱藏在背後的一切謎團。」博士這麼說，還吐出一句人話：「發財啦發財——看病囉——」

阿呆突然想到了什麼，高聲喊著：「那我們把佳琪帶來住，跟我們住一起，老醫生當佳琪的新主人，佳琪就會開開心心了……」

「蠢才！」咖啡在一旁嘰嘰罵著：「人類跟動物又不一樣，佳琪的主人就是她爸爸媽媽，你智商那麼低，沒有我的允許，別開口講話好嗎！」

「你也給我閉嘴，那你說佳琪是被誰丟掉的？」黑毛在一旁也插口加入戰局。

「是……」一向機智的咖啡，一時間竟答不上話。

「算是她愛人吧。」老大總算是在外頭世界廝混過，見聞和對人類性情的瞭解，也總算是比這些倉鼠啊、笨狗啊什麼的來得多。「所以……我們現在得替佳琪，找個新愛人？」

「佳琪已經有愛人了！」瘋子不滿地叫著：「就是我汪吼，誰都不許跟我搶。」

「你是狗，不是人。」「你不要給她添麻煩就好。」動物們同時罵著瘋子。

「那可以叫小醫生當她愛人啊。」阿呆又插嘴。「我覺得他還不錯，他幫我揉嘴巴跟肚肚，還餵我吃瓜嘰耶。」阿呆說的是今天阿國幫牠們做簡易健康檢查那時的事。

「那個賤人，剪我的牙齒，剪得我好痛，不配做佳琪的愛人！」黑毛怒罵。

「沒把你剪死，還真是賤人。」咖啡嘿嘿笑著冷嘲熱諷：「確實不配做佳琪的愛人。」

「我反對，我沒見到那個小醫生，不確定他是個好人還是壞人。」老大這麼說。

「我也反對汪吼！小醫生揉肚子的功力不差，但甭想跟我搶做佳琪的愛人。」瘋子咧開嘴巴，一副誰跟牠搶牠就殺誰的氣勢。

「我覺得他非常可疑，說不定他是外國特務，是來偵察老醫生家裡的，大家一定要小心。」博士這麼提醒，但還是得不到其他動物們的共鳴。

「不管怎樣，我看那小子還算懂事，好好教他，應該會很聽話吼！」瘋子說：「明天給他點下馬威，應該會乖乖當我的手下。」

「你要給他什麼下馬威啊？」肚皮問。

「嗯，例如狠狠罵他一頓，或是叫他跑腿什麼的。」瘋子這麼說，舌頭還歪斜斜地掛在嘴邊，一副打定了主意要給阿國點顏色瞧瞧。

翌日——

「丟！快丟！就叫你丟聽到沒有！」

瘋子大聲喝斥著阿國。

阿國蹲在院子一角，輕輕拋出手中那根玩具狗骨頭，瘋子立時飛奔衝出，和肚皮搶成一團，搶到了骨頭，奔了回來，將骨頭放在阿國面前，嚷嚷喊著：「不錯啊，挺懂事的——汪吼！誇你兩句就想偷懶啦，快丟啊，發什麼呆，你欠罵！」

阿國又拋出骨頭，這次肚皮反應較快，一溜煙就把骨頭咬在嘴邊，奔了回來，對瘋子說：「你教得不錯。」

瘋子可得意了，搶過骨頭，發瘋似地甩來甩去。「你看那臭貓的手下都是一些笨貓，我的手下是個人類，還是醫生，還會幫我掃大便，這叫『強將手下無弱兵』啊汪吼！」牠甩了一會兒骨頭，跟著將骨頭放在阿國腳邊，喝斥著：「快丟啊笨蛋——」

06 月光下的貓咪群

阿國奮力扛起最後兩箱書，吃力地走出三樓的藏書室，下樓，再下樓，將書搬到了一樓客廳一角堆放。

「唔——」

花了一個禮拜，終於清空了三樓兩間房，而且將二樓老醫生的瑣碎雜物也大致裝箱打包好了。

阿國癱軟坐在客廳玻璃門前，望著正爭搶一塊破布的肚皮和瘋子，他望了望自己那雙磨出了水泡的手，不禁長長吁了口氣，他見到佳琪在一旁洗著倉鼠籠子，便打著哈哈對她說：「我本來以為自己是來當駐院醫師的，誰知道大部分的時間，都是在當搬家工人……不過沒差，寧老師是我的偶像，能在自己的偶像家裡進進出出，幫他搬家，也算是我的榮幸了……」

佳琪笑了笑，問：「你叫老醫生『老師』，你是他的學生嗎？」

「寧老師以前是我們醫院的院長，後來半退休，掛了個顧問名，還常去醫院指導新人，其實我沒有被他直接教過幾次，不過醫院裡很多人都這樣叫他，我也跟著叫了。」阿國抹著汗說。「其實小時候，我的小狗常生病，也都是帶去給寧老師看的，就是因為這樣，我才立志要讀獸醫。」

「呵。」佳琪淡淡笑著點了點頭，不再接話。

「對了……」阿國想到了什麼，問：「上禮拜，我剛來的時候，看到妳坐在地上哭，那是……」

「哈哈！」佳琪笑了幾聲，望望地上，搖搖頭說：「我也忘記了，大概身體不舒服吧。」

「嗯……」阿國見佳琪不願多提，便也不追問了，他摸摸頭，似乎在思索著接下來該找些什麼話題，他想了半天，想到佳琪洗完了籠子，擦乾水滴，要提進客廳了，都還沒想到話題，只好問：「對了，今天還有病人嗎？」

「好像沒有耶，明天也沒有，後天下午有兩個老客人有預約。」佳琪這麼說，這些天來，依照老醫生的吩咐，新的客人大都請他們前往市區醫院了，因此這兒平常也

悠閒許多，偶爾會有些小貓小狗的突發受傷事件，阿國才有機會以醫生的身分來幹些活。

「阿國醫生——」

一個小孩子摀著臉頰哭著衝進了動物醫院，還跌了一跤。

「小花豹又被人欺負了——」

那小孩子爬起來時，淚流滿面，他的右臉頰高高腫起，有個明顯的巴掌印。

「啊！」阿國正忙著將一箱箱書，搬上前來幫老醫生載書的同事車上，一見那小孩，立時停下了動作，不解地問：「嗯？你說什麼？怎麼啦？」

「嗚嗚……咳咳……」那小孩，指著身後一處方向，哭著說：「我看到有人在欺負小花豹……我叫他們不要欺負牠……他們打我……」

「小花豹？」阿國愣了愣，問：「就是我們放走那隻貓？」

「對！」小孩嚎啕大哭：「他們把牠的腳又弄斷了！」

「什麼！」阿國瞪大了眼睛，同時，他看見圍牆上躍下三隻貓，是老大和貓嘍囉，牠們飛快地往巷子那端衝去；更同時，肚皮和瘋子也衝了出來。

「為什麼那麼壞，為什麼要欺負斑點哥！」肚皮氣憤罵著。

「汪吼！」瘋子見肚皮奔了出去，也緊追在後，甩著舌頭亂叫：「肚皮，你忘記自己是狗啦，你管臭貓的事情幹嘛？」

「瘋子，你不生氣嗎？那些壞人那麼壞，你難道不生氣嗎！」肚皮回頭氣罵。

斑點是老大的手下之一，就是那小孩口中的「小花豹」，斑點很早就接受過老醫生的結紮手術，「小花豹」是老醫生替牠取的名字，數天前斑點被這小孩發現前腳受了傷，帶來醫院讓阿國治療，休養了幾天，昨天才將牠放回了原本的地盤，不料今天又出了事。

老大和貓嘍囉衝在前頭，肚皮和瘋子緊追在後，衝了好半晌，在一處死巷子外，見到了三個少年或蹲或站地圍著一隻奄奄一息的貓——斑點。

一個少年抓著斑點兩隻前腳，和牠「跳舞」，斑點在那少年誇張地甩動亂揮之下，已經奄奄一息，牠那快要康復了的右前足，又給折斷了，身上還帶著各種傷痕。牠的眼神裡全是驚恐和痛苦，牠不明白為什麼這三個人要這樣對待牠。牠連嚎叫的力氣都沒有了。

「喵——」老大發出一聲尖銳的吼叫，讓那個拉著斑點的手和牠「跳舞」的少年，停下了動作，三個少年回頭望來，只見到老大威風凜凜地站在巷口，身後還跟著兩隻貓，兩隻狗。

但即便如此，威風凜凜的老大，在人類面前，仍然是那麼的渺小脆弱。

兩個少年哈哈笑著走了過來，大力地踢了一旁的一只紙箱，將肚皮和瘋子都嚇得後退了好幾步。

但是老大沒有後退，牠反而向前。

「哈哈，該不會是那隻貓咪的朋友吧，好講義氣喔！」少年們捧腹笑著說，其中一名少年哈哈笑著做了個誇張的動作，想要抓老大的後頸，但伸去的手尚未碰到老大的毛，老大便已經躍到了他頭上。

「幹！」那少年怪叫一聲，臉上多了幾道爪痕，他摀著臉，氣急敗壞地要追打老大，但老大早已跳了個老遠。

「死貓！」兩個少年在死巷子裡追打著老大，更後頭那欺負斑點的少年還抓著斑點的前足，看得津津有味、哈哈大笑。

「喂！你們在幹嘛——」阿國趕到了這死巷，大聲喝斥著。

那兩個少年卻也沒將阿國放在眼裡，反而惡狠狠地對著他嗆聲：「幹，沒你的事，滾一旁去！」

阿國的視線，越過了那兩個少年，見到了更後頭那少年手上提著的斑點。

斑點頭低低垂著，連掙扎的力氣都沒有了。

「就是你們在虐待動物啊！」阿國感到一陣憤怒，上前推開了擋在他前頭的兩個少年，往那提著斑點的少年走去，想要搶回斑點。

但阿國沒能再繼續往前，他讓身旁兩個少年按住了肩，他還沒反應過來，臉上就挨了重重一拳。

那兩個少年一面爆著粗口，一面狠狠地朝著阿國拳打腳踢，那本來提著斑點的少年也扔下了手中的貓，前來加入戰局，三個人圍打阿國。

「小醫生——」肚皮和瘋子衝了上去，一口咬住了一名少年的腳踝，老大也再次躍來，又扒花了另一名少年的臉頰。

阿國這才得以從圍毆中得到了喘息的空間，他退伍不到一年，體格可比這三個少年精實許多，一拳重重擊在那個虐待斑點的少年的臉上，將他打得向後仰倒在地。

跟著，阿國又使出在軍中學的擒拿手法，和另一名少年扭成一團，那少年矮了阿國快一個頭，三兩下就給壓倒在地，痛得哇哇大叫。

但另一邊，肚皮被重重踢了一腳，翻了好幾個滾，哎哎叫著。

「啊！你們在幹嘛——」阿國的同事駕車趕來，見到了巷子裡的混亂景象，一連按了好幾聲喇叭。

混亂之中，兩個少年幫助第三個少年，掙脫了阿國的壓制，還賞了他幾腳，在阿國同事還來不及下車之前，便一面罵著髒話，一面跑了個老遠。

「你幹嘛跟小鬼打架啊？」同事趕去拍了拍阿國的肩。

「……」阿國仍然滿臉怒容，他拍拍身上的沙土，先是撿起了一動也不動的斑點，跟著走了幾步，抱起挨了一腳、倒在地上發抖的肚皮。

「怎麼了，發生什麼事？」

本來在客廳中和一位老客戶解釋著老醫生出意外住院的佳琪，在那小孩的解釋之下，也趕了過來，看到了這巷子裡的混亂景象，也嚇得不知所措，趕緊幫忙接過了肚皮，抱在懷中。

「腳有點受傷，不過應該不算太嚴重；內臟應該也還好，主要是皮肉傷，嗯，肋骨可能也有一點傷。」阿國摸著肚皮身上各處，觀察牠的反應。

阿國將肚皮抱下診療台，放回牠的小窩裡，肚皮仍微微發著抖，這是牠有生以來，第一次咬人，也是第一次被人這麼用力地攻擊。

瘋子掛著舌頭，擔心地伏在肚皮身邊，一面氣呼呼地罵著那三個少年。

而斑點，在被帶回醫院之前，就已經斷了氣，牠的身子軟綿綿的，肋骨斷了許多根，是被那些少年用腳踩的。佳琪和那小孩紅著眼眶，將斑點埋入了土裡。

「唉……」阿國嘆了口氣，來到院子，搬了個大盆栽，壓在埋有斑點的土上，以免過幾天，又被瘋子給掘了出來。他有些憤恨地說：「剛剛不應該放那些小鬼走，至少應該抓住一個，送到警察局，要他們爸爸媽媽出面負責。」

「你身上的傷要不要緊？」佳琪拭了拭淚，這麼問。

「不要緊，我今天可能會在這裡陪肚皮一晚上，觀察牠的情況。」阿國苦笑地說。

「嗯……」佳琪點點頭說：「那我送他回家了。」她說完，帶著那小孩走到了大門前，有些不捨地望著客廳深處的小狗窩，她擔心地說：「如果肚皮真有什麼事，你可以通知我嗎？多晚都沒關係……牠是我在垃圾桶裡撿到的小狗，牠很乖也很聽話……」

佳琪這麼說的時候，千百種情緒一齊湧上了心頭，忍不住又流下了眼淚，她趕緊低下頭，向阿國點了點頭，轉身帶著那小孩離去。

阿國關上了門，呆愣愣地望著已經變黑了的天空，發了好半晌愣，這才返回診療台前，用棉花沾了酒精，替自己身上幾處傷口消毒。

吃完了晚餐、洗了個澡，阿國搬著躺椅，來到院子裡躺著，望著夜空。

院子裡的樹梢上站著好多隻貓，有大貓、有小貓，埋著斑點的盆栽邊也聚著幾隻貓，牠們靜靜望著那盆栽，沒發出一點聲音。

老大從樹上躍下，輕輕地走到阿國身邊，說：「小醫生，今天謝謝你幫助我們。」

阿國聽不懂老大的貓語，但也能夠感受到老大失去了朋友的悲傷，他摸了摸老大的頭，望著天空月亮，他注意到一旁公寓的窗子敞著，有個女孩倚在窗邊，望向這裡，他仔細看了看，原來是佳琪，他向佳琪揮了揮手，佳琪也向他揮了揮手。

瘋子走了出來，也看見了佳琪，吠了兩聲，佳琪也向牠揮了揮手。

肚皮搖搖晃晃地跟在後頭，抬頭見到佳琪，也大力搖了搖尾巴，佳琪也向牠揮了揮手。

「佳琪小姐剛剛又哭了。」瘋子歪著頭說：「我剛剛有看到汪吼……」

「是因為斑點哥死掉的關係嗎？」肚皮這麼說，抽了抽鼻子，也有點想哭。

「很多原因加在一起吧。」老大這麼說，又望了望躺在躺椅上發呆的阿國，歪著頭凝思半晌，說：「我感覺得出來，佳琪小姐這些天雖然有時會笑，但都不是真的笑；哭的時候，卻都是真的哭。」

「依然是因為被丟掉的關係嗎？」肚皮不解地問。

「應該是吧。」老大輕輕搖了搖尾巴，躍到了阿國肚子上，來回踩了踩，踩到了他胸膛，伸出爪子，輕輕玩著阿國的下巴。「我覺得這小醫生，還過得去，我認同他了。」

「認同他？什麼意思啊？」瘋子在躺椅四周繞了幾圈，呼地也跳了上去，站在阿國肚子上，想問個仔細。

「我是指，這小醫生，有資格當佳琪小姐的愛人。」老大這麼說，又伸出爪子，

在阿國臉上拍了拍，說：「雖然這小醫生沒有我英俊、沒有我瀟灑、沒有我勇敢、沒有我敏捷，但是如果是他的話，應該不會丟掉佳琪小姐吧……」

「你瘋啦汪吼！」瘋子甩著舌頭，噴了阿國一臉口水，齜牙咧嘴地說：「我才是佳琪的愛人，佳琪只愛我一個，這小醫生頂多只能當佳琪的僕人，當我的手下！」

「我……其實贊成老大的說法耶。」肚皮身子受了傷，沒辦法跳上躺椅，只好勉強站起來，用前爪攀著躺椅。「而且……我覺得小醫生，應該也喜歡佳琪……」

阿國見肚皮眼睛骨碌碌地轉，便伸下手，將肚皮也摟了上來，讓牠也坐在自己的肚子上。

「那是當然的汪吼！大家都喜歡佳琪，這個世界上沒有不喜歡佳琪的汪吼。」瘋子甩著舌頭大發議論。

「不是啦……我是說，『發情』的那種喜歡。」肚皮這麼說。

「『發情』的喜歡?什麼是發情的喜歡?」瘋子問。

「就是……就是像我們之前討論過的，老醫生的那個樣子……」肚皮這麼說。

「是嗎?」瘋子不以為然地望著肚皮，又看了看阿國。

「是烏龜大叔說的。」肚皮這麼說。「烏龜大叔說小醫生這幾天，常常趁佳琪不注意的時候，偷偷望著佳琪。」

「什麼！」瘋子怒不可抑，猛甩著頭，伸出雙爪，捧著阿國的臉齜牙咧嘴地怪吼著：「你這小醫生，看你人模人樣老老實實的，你真的發情啦，你有沒有跑去聞佳琪的屁股？你這不要臉的臭小子！汪……汪汪……唔唔……汪吼……吼吼……」

「哈哈。」阿國見瘋子一副古怪模樣，便伸手捏了捏牠的頸子，又搔了搔牠的肚子，瘋子嘻嘻呵呵笑了一陣，便翻了個身，甩著舌頭不知在說什麼了。

「總之，我也看得出來小醫生發情了，他從剛剛到現在，只看了佳琪一眼。」老大哼了哼。

「你們……一個說……小醫生發情，因為他偷看佳琪汪，一個說……小醫生發情，因為只看佳琪一眼……吼……很矛盾吼！」瘋子被阿國搔肚子搔得舒服得不得了。

「因為現在佳琪看著這邊啊。」老大這麼說，尾巴抖了抖，指向佳琪的窗，佳琪雙手托著臉頰，吹著夜風，一會兒看看月亮，一會兒望向院子。

「因為喜歡，所以故作姿態。」老大嘿嘿笑了笑。

「我不懂！」瘋子跳了起來，歪著頭問：「以前老醫生沒幫我紮紮的時候，我看到喜歡的小母狗，就衝上去跟她交配了汪吼，幹嘛故作姿態？什麼是故作姿態？」

「這已經超出了你智商的理解範圍，我不想浪費時間向你解釋，總之我已經決定好了，我要撮合他們。」老大轉過身，站了個英挺，長長地叫了一聲。「喵——」

那些站在樹上或是伏在斑點墳旁的貓嘍囉們，聽了這聲呼喚，都往阿國身邊聚來，有些跳上了阿國的身，攀在他大腿上，或是站在躺椅邊緣。

「好擠啊汪吼——」瘋子見這麼多隻貓全圍了過來，不免有些忌諱，氣呼呼地甩著舌頭，卻又捨不得離開阿國的搔癢。

所有的貓全望著佳琪，佳琪微笑著舉起手來，向牠們也揮了揮手。

「可是你不是也喜歡佳琪汪吼？」瘋子問。

「我喜歡佳琪、喜歡老醫生，我想我應該也會喜歡這小醫生吧。」老大這麼說：「你就承認你也很喜歡小醫生吧。」

「鬼扯汪吼！」瘋子毛躁地搖頭晃腦：「我只愛佳琪一個，小醫生只是幫我撿大便的小嘍囉……嗷嗚……偶爾可以幫我抓抓癢汪吼……汪汪……」

07 正義之歌愛之舞

「阿國——」

睡在客廳的阿國，被佳琪那驚慌的叫喚聲驚醒，他自沙發上彈坐起身，連忙將長褲穿上，今天佳琪來得比平常更早，現在才六點，可還不到她的上班時間。

阿國揉了揉眼睛，佳琪懷中捧著一隻一動也不動的小貓，急匆匆地穿過院子，來到被當成診療室的客廳，將那隻小貓放在診療台上。

「啊？那不是小面具嗎？」肚皮和瘋子本來見到佳琪可也是十分開心，但一見到佳琪放在診療台上那隻通體淡黃、臉上有塊大褐斑的小貓，就是老大的手下小面具，也不禁有些錯愕。

「難道又是那些壞孩子幹的好事！」瘋子張大了嘴巴，甩開舌頭，氣憤地就要發瘋。

「嗯？」阿國也愣了愣，立刻抖擻了精神，連忙問：「牠怎麼了？」

「我不知道，一大早我就聽見有小貓的叫聲，牠就躺在我家鐵門外面，不曉得是不是生病了。」佳琪這麼說，她見阿國睡眼惺忪，衣服凌亂，便也有些歉疚地說：「不好意思這麼早就來打擾你……」

「呵呵，不會啦。」阿國抓了抓頭，捧起小面具左右看看，拉了拉牠的腳，輕輕揉著牠的肚子和身體各處，檢視了好半晌，苦笑了笑說：「牠身上沒有外傷，內臟也沒受傷，應該不是被虐待……我先洗把臉，再幫牠仔細檢查一下好了。」

「你吃過早餐了嗎？我幫你去買個早餐好了，我也還沒吃。」

「好啊，謝謝妳啦。」

瘋子和肚皮望著出門買早餐的佳琪，又望了望走去廁所的阿國，這才不解地望著正伏在診療台邊朝牠們做著鬼臉的小面具。

「你生病了嗎？」肚皮問。

「沒有。」小面具這麼說：「是老大叫我這樣做的。」

「為什麼汪吼？」瘋子問。

「老大說這樣可以讓佳琪小姐快一點來醫院，跟小醫生見面，牠吩咐我們每天想個點子，讓佳琪跟小醫生靠得越近越好，這樣他們很快就會發情了，有了愛情的滋潤，佳琪小姐就會漸漸開心起來了。」小面具這麼說，說完還喵了一聲。

「汪吼！」瘋子氣呼呼地罵：「變態臭貓想出來的變態臭方法！」

「老大叫你們也動動腦筋，雖然牠不怎麼期待你們的頭腦，但好歹你們每天住在動物醫院，和他們比較近，多少幫點忙。我先走了，我才不要被刺屁股抽血。」小面具雖然是隻幼貓，卻也聽其他貓夥伴說過打針的故事，牠可不想屁股挨針，把佳琪誘來醫院的任務已經達成了，便也想趕快抽身，免得阿國刷完牙、洗完臉出來，牠便沒機會逃了。小面具一個縱身躍下了診療台，搖著屁股走了出去，穿過院子，踩著花圃跳上了圍牆。

「壞貓竟敢瞧不起我們！」倉鼠黑毛脾氣暴躁，兇悍地咬著籠子罵。

「哼，動腦筋的事交給我好了，我看這個家裡的狗呀、鳥呀、龜呀、魚呀，以及除了我以外的鼠呀……頭殼裡都沒有『腦筋』這種東西。」咖啡倚在籠邊，一面搖著頭，一面不屑地說：「也難怪那隻貓不把你們放在眼裡。」

「『腦嘰』是什麼？」阿呆插嘴。

「我也來幫忙，我已經想好六條策略七項戰術八種方法了，應該可以成功解開我的身世之謎……」博士在籠中抖擻著翅膀說，阿國昨晚睡在客廳，聽博士用鳥語說了一夜有關於外星人降臨的故事，和幾百次的「恭喜發財」「看病啦」等等人話。

烏龜大叔也仰長了脖子，遠遠地應和：「好……主……意……」

「什麼什麼！什麼什麼什麼！」瘋子大聲反對：「你們都聽那隻臭貓的話？」

肚皮則是仔細考慮了一下，也點了點頭說：「我覺得老大的想法還不錯耶……平常佳琪跟小醫生雖然都在醫院，但常常一整天沒說幾句話，我們得想點辦法幫忙。」

「汪吼！你到底是貓還是狗，每次都站在那個臭貓那邊！」瘋子甩著舌頭罵，但牠見除了肚皮之外，烏龜大叔、博士和倉鼠們似乎也贊成老大的想法，便獨自跑到了院子裡繞圈圈，還氣呼呼地吼叫著：「佳琪是我一個的，我才不要讓給小醫生——」

「瘋子——」阿國出了廁所，見到診療台上空空如也，又見到瘋子在院子裡鬼叫，趕緊追了出去，對瘋子喊著：「小貓咪呢？是你把貓咪嚇跑的喔？」

同時，買了早餐回來的佳琪，也見到了那搖著屁股在圍牆上悠哉走著的小面具，小面具向佳琪輕輕叫了幾聲，搖搖尾巴便跑遠了。

「瘋子把小貓趕走了……」阿國抓抓頭，苦笑地對佳琪說。

「瘋子，你很不乖喔！」佳琪見小面具動作靈活，便也放了心，轉身佯裝生氣地斥責瘋子。

「！」瘋子無端受了委屈，一下子說不出話，氣得奔到了院子一角扒起土來。

早晨的空氣清新，阿國和佳琪，便坐在院子裡的小板凳上，吃了頓豐盛的早餐。這是他們第一次共同用餐，聊著小面具的行為和一些有關於動物的話題。這個早上他們說的話，比之前一整週加起來還多。

「啊！阿國……你來看一下，咖啡牠這樣是怎麼了？」佳琪將臉湊在小矮櫃旁的倉鼠籠子邊，望著裡頭的咖啡。

咖啡用一種奇怪的姿勢，頭下腳上地抓著籠子欄杆，一動也不動，彷如一尊被石化了的小松鼠。

「嗯？」阿國湊了上去，也瞧不出個所以然，倉鼠偶爾會發呆，猶如被點穴一般，但如咖啡這般的姿勢定身，倒也十分少見，就在阿國準備打開籠子，將咖啡抓出來檢查時，咖啡這才動了，牠呼地翻了個身，落在鬆軟的木屑堆上，搖搖屁股抖抖手、挺挺肚子甩甩頭，直立起來，向後挪動，那動作看來竟有些像是月球漫步。

「嘩！」阿國和佳琪可看傻了咖啡這招舞步，就在他們驚訝的笑聲之中，咖啡向佳琪深深地鞠了個躬，慵懶地倚在陶瓷小窩旁的空曠處，手上托著一粒穀類，悠哉地啃了起來，還不時舉起手向兩人示意：「不過才一支舞，別這麼驚訝，多才多藝只是我的一種特質。」

「臭屁什麼——」一旁的黑毛見咖啡成功吸引了阿國和佳琪的目光，氣呼呼地也不甘示弱，牠在籠子裡從左邊衝到右邊，又從右邊衝到左邊，再跳到滾輪上衝刺了九十幾圈，最後氣喘吁吁地抓著籠子，連稱讚自己的力氣都沒有了。「厲害吧……」

「咖啡剛剛是不是跳舞啦？」「再跳一下啊！」阿國和佳琪完全忽略了黑毛在一旁所展現出來的男子氣概，他們仍然仔細看著咖啡慢條斯理地啃著穀類，就以為咖啡啃著啃著又會突然來個湯瑪士迴旋。

咖啡望著黑毛，聳聳肩，搖搖頭說：「你的行為完全符合你的智商，不用自責。」

「我……我殺你……」黑毛氣憤地想要起來再跑，但牠腿有些瘦，只好換了個新招——扒地，牠拚命地扒木屑、扒鼠砂，但牠依舊沒有得到阿國和佳琪的目光，畢竟那都是一般倉鼠的日常動作，黑毛只是比較用力去做而已。

「佳琪我也會跳舞，看過來——」阿呆也忍不住抖了抖屁股，舞動起來，牠的舞步十分單調，便只有兩個拍子，先搖搖屁股，然後全身縮成一顆球，跟著再搖搖屁股，再縮成一顆球。

「哈，阿呆的動作也好好玩。」佳琪注意到了阿呆的模樣，兩人指著牠取笑著牠的呆樣。

「喲！」咖啡撇著頭望著阿呆，不屑地說：「利用本身智能不足的徵兆來博取關注和同情，也算得上是一種才能了。」

跟著咖啡轉頭望向遠方的博士，呼喊著說：「你呢？被外星人偷走大腦的鳥，你有什麼把戲？」

「我……我也會跳舞！」博士這麼說，跟著左移半步展展翅、右移半步展展翅，身子還不時上下蹲，清了清喉嚨唱起了歌。「發財發財——」

「你們發瘋喔汪吼——」瘋子聽了客廳裡的騷動，從院子奔了進來，受到了熱鬧的氣氛感染，牠也激動地瞪起眼睛，甩著舌頭不停搖頭；傷還未癒的肚皮跟了上來，也不落人後地表演起「跟蹤自己的尾巴」這招拿手絕活。

在這天太陽下山前，動物醫院裡上演了一場亂七八糟的舞會。

肚皮轉著圈圈在佳琪和阿國腳邊擠來擠去。

瘋子搖頭晃腦地活像是廟會出巡的舞獅子。

烏龜大叔脖子一伸一伸。

金魚們咕嚕嚕地吐著氣泡。

阿呆不停地縮成一顆球。

黑毛拚命地衝刺和扒地。

博士左右挪移，高高呼嘯一聲：「發財——」

「所以說，壓軸還是我！」休息夠了的咖啡一躍而起，翻了個後空翻，躍在陶瓷小屋頂上，嘰地一聲高喊：「Music——」

大家舞到了極致，你一句我一句地唱起了歌，歌詞當然都是牠們臨時胡亂瞎編出來的——

佳琪佳琪不要哭
不要再哭了
忘了那個丟掉妳的人
忘了那些讓妳流眼淚的事
大家都愛妳　大家都是妳的寶貝
妳也是大家的寶貝
我們永遠陪在妳身邊
逗妳開心逗妳笑
妳丟了東西我們幫妳找回來
妳被人欺負我們幫妳咬回來

「咬死咖啡、咬死咖啡！」
「黑毛你不要搞破壞！」
「你少囉唆！」
「繼續啦……」

小醫生你快發情
我們都知道你偷偷喜歡佳琪
你喜歡她的笑
你偷偷看她又自己偷偷笑
你半夜說了些夢話
我們通通有聽見
不要膽小如鼠了
不要畏畏縮縮了
拿出你打壞孩子的勇氣
快跟佳琪說你愛她
快發情
快發情

「小肚皮都快要對李媽媽家的小母狗發情了你還不發情汪吼！」

「瘋子你不要亂講啦，我哪有……」

「兩隻畜生閉嘴，別那麼低級，別拖累我演唱會的格調！」

「咖啡你少自以為是！」

「……」

「……」

阿國和佳琪雖然聽不懂動物們的歌聲，但也感染了歡樂的氣氛，環顧四周，上前摸摸每一隻動物的頭和肚子。

貓咪們三三兩兩地聚在牆邊，老大趴在樹上，望了望前來回報消息的小面具。「牠們在幹嘛？」

「不知道……好像在唱歌，玩得很開心。」小面具回答。

「是嗎？」老大躍下了樹，領著兩隻小貓也來到客廳外，看見裡頭的熱鬧景象，卻不發一語。

「老大，你也要加入嗎？」小面具問，牠似乎也興致勃勃地想要展現一番歌喉。

「還過得去，小醫生和佳琪小姐看起來笑得很開心。」老大這麼說，又觀望了一會兒，說：「不過總覺得缺了臨門一腳。」

「臨門一腳，那是什麼？」小面具問。

「一種心動衝擊。」老大這麼說，跟著在小面具耳邊講了些悄悄話。

「啊！要這樣嗎……」小面具呆了呆，正想要追問，老大已經高高躍了起來。

躍在半空中的老大像極了電影裡的英雄角色，在空中打了個橫，落在阿國和佳琪之間、瘋子的正前方。

「哈，老大也來啦！」佳琪呵呵一笑。

「臭貓也來湊熱鬧啊。」瘋了甩著舌頭對著老人猛搖頭。

老大直挺挺地站了起來，一雙貓爪高高舉起，左一拳、右一拳，將瘋子擊倒在地上。

在這一瞬間，舞會寂靜一片，跟著轉變成騷動。

「貓老大怎麼突然動手啦？」「瘋子被瞬間KO了！」「怎麼打起來啦？」

「老大！」佳琪驚呼一聲，連忙想要去阻攔老大毆打瘋子。

老大靈巧地避開佳琪的雙手，敏捷地在她的雙腿之間穿梭游移，一雙貓爪子彈無虛發，一拳一拳一拳又一拳地打在瘋子的身上跟腦袋瓜上。

「這貓怎麼回事？」阿國也來幫忙，一陣混亂之下，佳琪突然呀了一聲，原來是小面具不知什麼時候跑到了她腳邊，抱住了她的腳踝舔了一口，受到驚嚇的佳琪瞬間意識到自己可不能踩著小面具，但便因此失去了重心，斜斜地往一旁的沙發上傾倒。

「小心！」阿國伸手去抓，臉上同時挨了老大一記騰空飛踢，也倒了過去。

他們轟隆磅啷摔成了一團，卻沒人受傷，阿國和佳琪雙雙倒在客廳的大沙發上，身子貼著身子。

老大又飛蹦了個老高，雙腳踩在阿國後腦杓上，將阿國的腦袋向下一壓，正好親在佳琪的臉頰上。

又是一個彷如天地停止運作的瞬間。

「啊！」阿國即時回神，連忙掙扎爬起，佳琪紅著臉氣呼呼地也跳下沙發想找老大算帳，但兩人左右看了看，老大已經帶著小面具逃逸無蹤。

「那隻貓……」阿國抓著頭不知該說些什麼來化解尷尬。

「瘋子你有沒有受傷？」佳琪也滿臉通紅地避開了阿國的目光，繞過他身邊，抱起了讓老大打趴在地上的瘋子。

「啊！」阿國想起了什麼，突然說：「是不是早上我把小貓留在診療台上去上廁所的時候，瘋子欺負小貓，所以剛剛大貓帶小貓來報仇了？」

「對喔。」佳琪覺得有道理，望著瘋子的雙眼問：「老大平常雖然喜歡欺負你，但絕不會不聽我的話，是不是你先欺負小貓咪，惹牠生氣啦？」

「汪吼……」瘋子哎哎叫了幾聲，回過神來，想起了老大莫名其妙地揍了牠一頓，結果佳琪跟阿國卻又冤枉牠欺負小面具，這口氣如何忍受得下來，只覺得滾滾委屈衝上心扉，便汪嗚嗚地哭了。

「嗯。」咖啡攀在籠子欄杆上向外望了半晌，說：「貓老大不愧是我的最佳競爭對手，牠一出手，就是殺招，小醫生果然發情了，他們之間的氣氛改變了。」

「咖啡你又知道了，你就只會臭屁，小心我揍你！」黑毛嗆聲。

「咖啡你怎麼看出來小醫生發情哩？」阿呆也不解地問。

「看小醫生腳跟腳之間的地方就知道了。」咖啡眼神銳利地盯著阿國的胯下。「小醫生假裝鎮定，內心很慌張，他在掩飾，但是也瞞不過我的法眼。」

瘋子發出一聲一聲的哀哭聲，阿國和佳琪便蹲在牠的身邊，輕輕拍著牠的頭，安慰著瘋子好一會兒。

「天黑了，要不要去吃晚飯？」阿國摸摸鼻子問。「我發現這附近有一家排骨飯還不錯耶。」

「嗯……」佳琪點點頭。「好啊。」

老大伏在院子裡的樹上，見到阿國和佳琪雙雙走出客廳，穿過院子正要外出時，得意地笑了笑，輕輕地揮了揮尾巴。

「老大！」又一隻小貓嘍囉自外頭翻過了牆，躍到了樹上，說：「找到那三個壞孩子了，大家已經分頭行動了，瓜瓜也答應要幫忙。」

「好。」老大雙爪按著樹幹，大大地伸了個懶腰，向下望了望那埋著斑點的土堆。跟著縱身躍過牆，領著幾隻小貓出發。

「斑點，我們替你出口氣。」

「在那邊！」

在一聲極低微的貓叫聲之後，跟著是數只小影在屋簷下飛竄而過。

是幾隻貓，牠們緊緊跟著前方巷子裡那三個青少年。

他們前些天折斷了斑點的前腳，等著斑點好不容易逐漸復原時，又再一次地將之折斷，而且踩斷了牠的肋骨、踩壞了牠的內臟、奪去了牠的生命。

他們覺得這樣很好玩。

「在那邊啦，看到了，哈哈！」其中一個青少年，指著某條巷子裡一堆破紙箱交疊的縫隙，另外兩個青少年跟著望去，果然見到了那縫隙深處露出了閃爍的光芒。

那是小貓咪的眼睛。

「再躲嘛——」一個青少年大力踹了那舊紙箱堆一腳。

躲在紙箱堆裡的小貓咪逃也不逃，眨著眼睛，向外頭望。

「這隻貓膽子很大喔，上次那隻膽小多了。」另一個青少年哈哈大笑，也大力拍起紙箱。

小貓咪終於喵喵叫了兩聲，從紙箱縫隙的另一邊溜了出來，還靈巧地扒了一個臉上纏著繃帶的青少年腳踝一下。

那少年穿著拖鞋沒穿襪子，腳上給這麼一扒，立時拉出幾條痕，但小貓年紀小，力氣不怎麼大，沒辦法像昨天老大那樣，一爪子就讓這傢伙見紅，或許是因為這樣，

少年此時竟格外興奮，被小貓扒了一爪卻還怪笑著跳開，跟著叫囂著衝追上去。

小貓繞過了兩個空罐，往巷子深處奔去，三個青少年拔足追了上去。

小貓不時回頭，在好幾天以前，牠害怕極了，牠差一點就讓三個青少年逮到了。

小貓的身上也有些斑斑點點，老大和小面具牠們都叫牠「小斑點」。

牠是斑點的弟弟，那一天要不是斑點引開了這三個少年，被折斷手甚至被凌虐到死掉的就是牠了。

所以牠現在一點也不害怕，牠跑得不特別快也不特別慢，好幾次差一點讓那三個少年扔來的飲料瓶給砸中，但是牠仍然一點也不害怕。

小斑點繞進了一處死巷子。

那巷子漆黑陰暗，瀰漫著一股異味，在更深處的地方還有個簡陋的小棚子。

「好聰明的小貓咪，牠以為這樣我們就找不到牠了——」那個綁帶青少年掏出了手機，後頭兩個青少年也嘿嘿一笑，也各自掏出了手機，三支手機螢幕亮起，猶如三盞小燈互相輝映，這陰暗的小死巷瞬間亮了些。

牠們看到了小斑點，和小斑點身後的六、七隻野貓。

「哈！原來還有同伴。」那綁帶青少年哈哈大笑。

就在他們三個準備好好教訓這六、七隻小貓時，身後也傳來了幾聲貓叫，三個青少年回頭，身後也站了十來隻野貓，牠們或是踩在雜物堆上居高臨下地威視，或是低伏在牆角一副蓄勢待發要衝殺過來，帶頭那隻野貓，正是昨天讓那繃帶青少年臉上破相的老大。

「怕你們不成啊，貓再多也打不過人！」一個青少年隨地撿起了個飲料瓶，便往兩三隻貓兒砸去，野貓們早有準備，便也即時躲了開來。

「上！」老大一聲令下，巷子兩頭的野貓們全尖叫著飛躍跳來。

三個青少年一時間竟讓這威勢給嚇得呆了呆，才正要回神，野貓們早已衝到了眼前，牠們踩著牆彈蹦、踏過紙箱飛騰，前後左右上下衝來，有的一口咬住青少年們的腳，有的一爪子扒過他們的胳臂。

三個傢伙抱頭亂打，踢飛了好幾隻貓，其中一個人的手機落在地上，螢幕朝下，光源頓時少了三分之一。

老大也高高跳了起來，一口咬在那繃帶青少年握著手機的大拇指上，在劇痛之下，那繃帶小子也鬆開了手，第二支手機落下，螢幕朝上，光源猶在，但瞬間便讓一隻小貓將手機翻了面。

兩處光源一滅，第三支手機也很快地被打落了，巷子裡頓時變得黑抹抹地陰暗無比。

青少年們看不見東西，嚇得驚呼亂叫，三雙腿被野貓們抓出一道道血痕，胳臂臉上也紛紛掛彩。

「汪汪汪汪汪汪——」一陣急促的狗吠聲由遠而近地逼來，狗吠聲之後，則是一陣腳步奔跑聲。

「是瓜瓜來了！」一隻在巷子口把風的小貓呼喊了起來，所有的貓紛紛退了開來，往巷子外面跑。

「小斑點別打了，快走！」小面具叼著小斑點的尾巴，使勁地將牠往後拉。

小斑點也不回答，牠流著眼淚，攀在那繃帶小子的右腳掌上，緊緊咬著他一隻腳趾不放，牠還記得那一天，哥哥斑點引開了這三個青少年，讓自己能夠逃開，當時牠逃到了遠處幾個空瓶罐後頭哭泣，偷偷看著哥哥斑點的爪子被這繃帶小子喀地一聲折斷了。

而牠現在，絕不逃跑。

「省點力氣，你嘴巴太小啦！」老大一躍而來，磅地一爪子敲在小斑點的腦袋上，這才將牠敲得眼冒金星鬆了口，老大將牠叼了起來，領著小面具呼地往後跑開。

十幾隻貓，在狗吠聲逼近巷子口時，一下子竟溜了個乾乾淨淨，像是早已規劃萬全的困敵計謀一般。

「幹……」青少年們罵著髒話，摸找起自己的手機，檢視著手腿上的傷口，他們的表情此時看來，已不只是想要虐貓玩樂，而像是想要殺人一樣。

但他們的怒顏一下子變成了困惑，他們見到一隻髒兮兮的小狗站在巷子口朝他們狂吠不止，小狗的身後，站了六、七個流浪漢。

這個死巷子，是那些流浪漢的聚會所之一。

小狗叫作瓜瓜，是其中一個流浪漢養的愛犬。

「啊！就是他們打我的啦——」其中兩三個流浪漢指著三個青少年憤怒地叫了起來。

「就是他們喔！」「來我們地盤幹嘛啦！」「你們真好膽啊！」這些流浪漢一見到這三個青少年，像是見到了仇人一樣，有的抄起了腳邊的破雨傘，有的手上本來就拿著酒瓶，有的揮著拳頭吆喝著。

「啊！」三個青少年駭然地互望了望，他們這一個月來專門挑落單的流浪漢欺負取樂，小貓小狗當然也是他們取樂的對象之一。

而現在，他們應該樂不出來了。

他們驚慌地想要撥打手機求救，但是持著棍棒酒瓶的流浪漢們，早已經衝到了他們面前——

在更遠的地方，一聲一聲的貓叫聲此起彼落地長長響起，像是在哭唱著一首悲歌，又像是勝利的歡呼。

就是這樣子了

08

「嗯……那個，我有一件事想跟妳說，就是……妳覺得我怎麼樣？不……這樣說怪怪的……那個……我覺得妳是個很不錯的……女孩子。那個……我們同樣都很喜歡動物，應該一輩子都很有話聊吧……不對，聽起來像求婚咧……那個……我覺得我們……可以試看看在一起，妳覺得呢？」

「不太對……」阿國蹲在小狗窩前，對著瘋子呢喃說話，他的手上還抓著一杓狗飼料，低頭沉思了半晌，跟著他抬起頭，望著瘋子說：「我喜歡妳，我會給妳幸福！跟我在一起好嗎？」

瘋子睡眼惺忪地望著阿國，又聞了聞自己的小碗，空空的，阿國還沒把那杓狗飼料倒入牠的碗裡，瘋子打了個哈欠，又伏了下來。

「這樣好像有點強硬，不太好……或許該用輕鬆一點的口吻……」阿國嗯嗯啊啊

了半晌，又望著瘋子，嘿嘿地笑著說：「對啦，妳覺不覺得我們其實還滿適合的耶，妳喜歡動物，我也喜歡動物，天生一對喔——不好，有點太輕浮了……」

「……」瘋子動了動鼻子，探頭去咬阿國手上的狗食杓子，阿國卻將杓子拿了遠些，托起瘋子的下顎，深情望著牠。「我有一件事想……」

「囉哩叭唆啊！」瘋子終於跳了起來，朝著阿國齜牙咧嘴地叫。「要嘛就給我吃，要嘛就讓我睡汪吼！」

「唉。」三隻倉鼠攀在籠子邊，也吵著要飼料，牠們見到瘋子抓狂，便互相望了望。

「小醫生現在是發情發過頭，變成發瘋了嗎？怎麼變得失魂落魄的呀？」咖啡嘆著氣說。

「真是個笨蛋，拖拖拉拉的，不如讓我來當佳琪的愛人好了，你們像上次一樣給我跳舞！」黑毛哼哼地說。

「好啊，我練了一個新舞步哩。」阿呆拍手贊同，示範起牠那新舞步，但看來和之前的動作相差不大，仍然是一會兒縮成球，一會兒伸展開來扭扭屁股，只不過扭屁股的動作大了些。

「你們那麼著急幹嘛？」肚皮伸了個懶腰，從沙發上跳下來，一週下來，牠的傷勢好得差不多了。「最近佳琪不是越來越開心了嗎，又漸漸變得和以前一樣了。」

「誰說的。」咖啡可不贊同。「佳琪偶爾還是會露出傷心的眼神，我看得出來她心中還是有個空洞。」

「是這樣嗎……」肚皮搔搔頭，見到阿國還捧著瘋子自言自語，而瘋子則不耐煩地罵個不休，便自顧自地走到了院子，此時天才剛亮，牠卻已經睡不著了，今天是老醫生出院的日子，距離上次的黃昏舞會，又過了十天。

這十天來，牠們每天絞盡腦汁，做出各式各樣不像自己以往會做的動作，來吸引佳琪和阿國的注意，製造一些有趣的話題。

小面具會像隻無尾熊那樣地緊緊抱著佳琪不放，偶爾牠會故意一爪拉著佳琪的衣服，一爪勾著阿國的褲子，假裝隨時要掉下去地試圖讓他們更靠近些。

肚皮開始學阿呆那樣將身體縮成球狀，在地上滾動，或是學倉鼠擺個大字形癱在地上。

瘋子站在一些花盆或是板凳上，像尊石雕，一動也不動地模仿老大裝酷裝憂鬱。

倉鼠咖啡不停地變化各種舞步，黑毛模仿阿呆的癡呆樣，阿呆則嘰哩呱啦地學博

士講一些外星人的故事。

烏龜大叔有時候會故意翻過身讓佳琪來救牠，金魚們可以做的動作就少得多了，只能多吐些泡泡。

就連老大也不惜放下身段，試著學瘋子瞪眼睛甩舌頭，但是當牠見到瘋子反過來學牠擺酷時，牠就忍不住找瘋子練拳頭了，最後牠發現練拳頭所吸引到的注意力更勝於模仿時，牠就更常找瘋子練拳頭了。

這些天來，在牠們的努力下，似乎有了些成果。佳琪笑的時間，遠遠比愁眉不展的時間來得更多了。

阿國和佳琪漸漸地更加熟絡了，早上時，佳琪總會帶來早餐店的三明治或者是燒餅油條；午餐時，則是由阿國負責買個便當或是速食；晚餐他們有時會一同出外用餐，有時佳琪也會返家帶點飯菜過來，畢竟佳琪的家，就在幾步之外。

對於阿國來說，今天是個特別的日子。

今天是七夕的前一天。

今天是老醫生出院的日子。

今天是和佳琪約好了要到她家吃晚餐的日子。

今天，是佳琪打工的最後一天。

診所裡的書籍和雜物，都送到了老醫生新家，預約的客人也都消化完畢了，新的客人大都也知道了動物醫院即將歇業的消息，而改帶著寵物前往市區醫院看診了。

阿國被派往這小醫院的工作，即將要告一段落，他在返回市區醫院之後，將會成為正式的值班醫生，擁有一間小小的個人辦公室。

阿國的心情可想而知，是五味雜陳的，三週之前被派來接替老醫生職務的他，怎麼也想像不到，自己會毫無抵抗、毫無戲劇性地愛上了佳琪。

但想想，一個酷愛動物的年輕動物醫生，在三週裡，愛上了一個酷愛動物的女孩，似乎也不是那麼奇怪的一件事。

這自然是令人感到興奮和期待的一件事，自然，新的開始是建立在舊的離別之上，老醫生這透天公寓雖然舊了點，但比起阿國租的那小套房，可仍然舒服了百倍以上，也因此他在照料肚皮那晚之後，便打包了行李搬來暫住，而不久之後，他就要和這個工作了三週的透天公寓說再見了。

同時他也要和成天唸個不停的九官鳥博士、三隻倉鼠以及肚皮和瘋子說再見了，這可要比和透天公寓說再見更令人感到不捨。

阿國對著瘋子呢喃講了好半晌對佳琪的心意，這才意識到自己也將要和這些動物們道別，他終於把狗飼料倒進了瘋子的小碗裡，輕輕摸著瘋子的頭。

「呿……臭小醫生。」瘋子嘎吱嘎吱地吃著飼料，又喝了幾口水，埋怨著阿國一大清早就吵醒牠還講一堆瘋言瘋語，氣呼呼地趴下來又要睡。

「哈，別這麼客氣啦！」佳琪哈哈笑著，向那個愣愣站在玻璃門外陽台上的阿國招了招手。

阿國抓抓頭，不好意思地踏入佳琪的家。

佳琪的弟弟在房間裡和同學電腦連線玩著網路遊戲，佳琪的妹妹在客廳一角和同學講電話笑得東倒西歪差點滾下沙發，她揮了揮手，和阿國打了聲招呼，又應著電話那端的同學。「沒啦，我家樓下的動物醫院的朋友啦。」

「嗯，呵呵……」阿國倒是不知道佳琪還有一個弟弟和一個妹妹，他跟在佳琪身

後，來到了餐桌邊，餐桌上的菜還熱著。

「香不香？」佳琪掀開那鍋雞湯的鍋蓋，搧了搧味道。

「嗯嗯，好香！」阿國大力地吸著氣。

兩人面對面地坐下，佳琪替阿國盛了飯，說：「你怎麼啦？」

「沒有啦……只是我不知道妳有弟弟妹妹……」阿國扒了口飯，這麼說。

「對喔，我好像沒講過。」佳琪呵呵一笑。「不過如果家裡只有我一人的話，還邀請你來吃晚飯，好像也怪怪的喔。」

「也對啦……」阿國大力點頭，伸長了手挾著菜，有些慚愧自己一整天下來的胡思亂想，他得趕快找個話題搪塞過去。「妳爸爸媽媽也很浪漫，特地安排兩人小旅遊耶，不像我爸爸媽媽都是老古板，平常連綜藝節目都不看，我好像從來沒見過他們表現出浪漫的樣子。」

「每個人的習慣不同吧。」佳琪笑著說：「說不定他們私底下很恩愛，只是不好意思表現給你看罷了。」

「哈，是嗎？」阿國打了個哈哈。

兩人聊了些無關緊要的話題，阿國邊吃飯，還邊不忘維持著略微傾斜的坐姿，他怕折到了褲子口袋裡那張小小的卡片——

那是他對著瘋子練習了好半晌卻仍不滿意的告白說詞之後，決定讓一切盡在不言中的妥協辦法，卡片上只是簡單地寫著——

我可以用朋友或是同事以外的身分，和妳一起過情人節嗎？

文末，還畫了瘋子和肚皮一起幫忙懇求的模樣。

當然，他畫得滿醜的。

他足足扒了三碗飯，吃得滿嘴油膩，這才鼓著嘴大力稱讚起佳琪的母親手藝精湛。

「哈，菜都是我爸做的，媽只會煮白米飯啦！」佳琪的妹妹一面講電話，一面插嘴大叫，跟著又對電話那端的同學解釋自己突如其來的那聲喊叫。「喂，沒有啦，我姊的朋友說我媽做的菜很好吃，但我媽根本不會做菜，哈哈哈哈快要笑死我了。」

「我妹跟瘋子很像對不對？」佳琪笑著收拾碗盤。

「幹嘛這樣講。」阿國也幫忙收著碗盤，跟在後頭說：「她很開朗，這樣家裡很熱鬧啊。」

「熱鬧過頭就吵死了，瘋子鬧過頭還會被老大教訓，我妹就沒人管得住她了。」佳琪說。

「不要說我壞話啦！」佳琪的妹妹大叫。

「妳好吵喔。」佳琪皺著眉頭，帶著阿國進了自己房間，將門關上。

「這樣妳朋友才會感激我，不信妳問他——」佳琪妹妹的大叫聲透過了房間木門，仍然尖亮地如同博士乘上十倍。

「哈哈……」阿國聞到了佳琪房中的淡淡香味，環顧四周，看到書桌上擺了些串珠小狗，便湊了上去看看，好奇地問：「這些都是妳做的啊？」

「對啊！」佳琪見阿國對她的小狗感興趣，便一一解釋說明：「這隻是肚皮，像不像，這隻是瘋子、這隻貓是老大、這三個是小老鼠。」

「哇……我都不知道妳會做這個。」阿國捏起了一隻小肚皮翻來覆去地看，跟著他又見了旁邊一只透明小盒子，擺著一只指甲大小的半邊小貝殼，貝殼裡頭擺了顆米色的小串珠，模樣便像是珍珠一般。

「哇，這個好漂亮，也是妳做的喔？」阿國拿起那只小盒子。

「啊，不是啦……」佳琪搖搖頭，苦笑說：「那個……昨天才從衣櫥裡找出來……之前找了好久喔，可能是拿衣服的時候鉤到掉下去的……串珠是我擺上去的，像不像真的珍珠？」

「嗯，滿像的。」阿國左右看了看，說：「不過只有半邊看起來怪怪的，如果有貝殼的另外半邊，那樣一張開來，就更逼真了。」

「另外半邊……」佳琪先是沉默，跟著微微一笑，眼神中又流露出淡淡的哀愁。

阿國見了佳琪的神情，登然領悟這銀色小貝殼應當和她前男友有關。這些天來，他只知道她單身不久，相處的過程、分手的原因，她不講，他也沒多問。

阿國小心翼翼地將裝著小貝殼的盒子放下，想找些話題，但一時卻不知該說些什麼。

半晌之後，他們又聊起了動物，話題回到了阿國的專業領域，阿國這才恢復了平時的從容和健談，但笑歸笑，阿國總是覺得有個東西哽在喉嚨裡，不吐不快，雖然他已經將那些話濃縮成了一句，且寫在小卡片、塞在口袋、壓在屁股底下，便等著時機成熟時一舉殺出，但他現在心情卻有些茫然，或許是和那枚銀色貝殼相比，壓在屁股底下的小卡片，顯得弱小許多。

他突然好想要問一句之前反覆想了好久的疑問——

妳是不是還忘不了妳的前男友？

阿國第一天到醫院時，見到的是那個傷心無比的佳琪，雖然她一天一天地恢復開朗，但偶爾流露出的失落，看在阿國眼裡，自然要比老大、咖啡牠們更加地有所感觸。

「啊，對了……嗯……」

阿國翻著佳琪的兒時照片，心中正盤算著該怎麼切入這個話題，以及到底該不該提及這個話題。「嗯……」

「姊！」佳琪妹妹的尖叫聲從門外劈了進來。「他在樓下——」

「誰？」佳琪顯出微微吃驚的表情。

阿國先是一呆，跟著他見到佳琪起身要出門時的神情，便有些明白了。

「不好意思，有個朋友在樓下，好像有事情找我，你等一下喔。」佳琪關上門之前，對阿國苦笑了笑。

「不要緊。」阿國笑著說。

發了五分鐘的呆之後，佳琪仍然沒有回來，阿國揉了揉腳，換了個姿勢，強作鎮定的翻著佳琪的照片，臉上的表情像是在認真地看照片，但腦中卻是空白一片。

傳入房中的仍然是客廳裡佳琪妹妹那宏亮的講電話聲和笑聲。

又過了十分鐘，阿國長長呼了口氣，站起身來，伸了個大大的懶腰，他在房間來回地走動，一會兒看看那些串珠小肚皮和串珠小狗，一會兒看看桌上的小貝殼，他越來越介意那小貝殼了。

「真的啦，真的啦，不信我傳給妳看，哇哈哈哈哈，真的好好笑喔，妳看到妳也一定會笑死的啦，不騙妳啦！」佳琪的妹妹笑得不停咳嗽。

然後是一陣奔跑回房間的聲音，客廳終於安靜了下來。

阿國猜想佳琪的妹妹應當是回房間開電腦上網要傳個會笑死她同學的東西來笑死她的同學。

他倚在門邊，望著佳琪的書桌，他真的、真的覺得越來越介意那小貝殼了，小小的一枚貝殼，在房中日光燈的照映之下，微微反射著燈光，雖然只是細微的幾點亮，但是卻像是有著無形的壓迫力量，壓得他透不過氣來。

他想起了什麼，摸摸屁股，掏出口袋裡的那張卡片，卡片讓他壓得有點小變形，他轉身將卡片按在牆上試圖壓平。

他望著信封上「佳琪收」的字樣，突然想要打開來看看裡頭有沒有寫錯字什麼的，但是信封被一枚小貼紙黏住了，當然無法揭開。

又過了老半晌，阿國打開門透了透氣，客廳裡隱約聽見佳琪弟弟妹妹房中各自傳出的鍵盤聲，夾雜著佳琪妹妹的笑聲。

阿國走到了客廳，打開紗門，踏入陽台，像是試圖聽些什麼，他什麼也沒聽見，跟著他又往前兩步，往鐵窗底下望去。

在一輛汽車邊，是輕輕抱在一起的佳琪和偉志。

阿國轉身回到了客廳，關上紗門，又回到了佳琪的房間，再關上了房門，像最初一樣地席地坐下，像是什麼也不曾發生過般，那張小卡片又被他放回了口袋裡壓在屁股底下。

他伸出微微顫抖的手，重新翻開照片本，重新從第一頁看起。

「啊！對不起，剛剛我跟朋友聊太久了……」佳琪打開門時，眼眶仍紅通通的。

「哈哈，沒關係，反正我也很閒。」阿國笑著舉起相本，指著其中一張照片說：「妳這時候看起來好呆喔。」跟著他看了看手機，伸了個懶腰，露出驚訝的模樣，說：「啊，十點多了，老醫生要我把院子整理一下，明天他請朋友來烤肉，我得先回去了。」

「真是不好意思……」佳琪低著頭。

「哪裡的話！」阿國哈哈大笑。

當阿國回過神時，他發現自己拿著掃把正茫然掃著院子的草地，而當他發覺院子裡的草地根本不應該用掃把來掃的時候，他連忙轉過頭，望向佳琪的窗，像是怕被佳琪發現自己的蠢樣。然而窗簾是拉下的，隱隱透出光。這令他有些鬆了口氣，又有些失望。

「唉……」

阿國回到客廳，放下掃把，呆愣愣地往沙發一坐，發呆半晌，挪了挪屁股將那張小卡取了出來，將信封揭開，看著小卡上的字。

「我可以用朋友或是同事以外的身分，和妳一起過情人節嗎……」阿國傻傻地反覆呢喃唸著小卡上的字句。

「小醫生發情計畫失敗了嗎？」

「……」瘋子和肚皮遠遠望著阿國，互看了一眼。

「看來是失敗了沒錯……」倉鼠們也擠在籠子邊，望著阿國。

「現在輪到小醫生不開心了……」

「難道要再找個小母醫生嗎？」

「找個頭啦，揍你喔！」

「……」

「……」

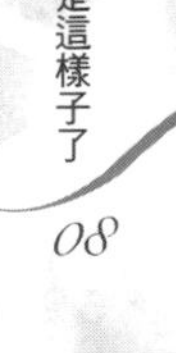

09 在七夕這晚的煙花下的吻

天空上有些雲，看不清月亮，也看不清哪顆是牛郎星、哪顆是織女星。

院子裡兩三攤炭烤架子邊圍了八、九人，是寧老醫生和寶老太太，以及老醫生的友人。

院子邊的樹上伏著的是老大和小面具以及幾隻貓嘍囉。

肚皮和瘋子早玩得累了，伏在門邊看著眾人烤肉。

「哈哈，這叫作呀……天網恢恢，疏而不漏，魔高一尺，道高一丈！」

老醫生喝了兩杯清酒，朗朗笑著說著他今天白天在醫院裡指認那三個青少年時的過程。

那三個青少年可還真傷得不輕，他們的父母也算有點背景，本來不但想搓掉自己孩子的傷害案件，反對那些動手毆打他們小孩的流浪漢們提出告訴，本來橫看豎看都是青少年一方佔了優勢的案件，但在寧老醫生接到通知出面指認，氣呼呼地拍著桌子大喊：「管你大孩子小孩子，敢做敢當，打人的時候兇成什麼樣子，哪個人想靠關係顛倒黑白的我都當成幫兇一起告，哪個警察想壓下這件案子的我也告！」之後，情勢便逆轉了。

畢竟寧老醫生雖然只是個退休獸醫，但他的人脈可也不小，一些政商名流、大律師大醫生大藝人什麼的，都曾經是他的客戶。

附近一些鎮民老百姓們本來對那三個傢伙的爸爸媽媽有些忌憚，但有寧老醫生起了個頭，一些有正義感的人便也鼓起了勇氣幫忙提供了更多的證據，有些是用手機拍下了他們對流浪漢施暴的畫面、有些是親眼目睹了那三個傢伙笑著踩貓的樣子。

當第一通政界人士的電話打進警察局長辦公室時，那三個青少年的父母本來不可一世、以為自己跟自己的小孩這輩子都可以橫著走路的囂張氣焰，就像是被澆了桶冰水一樣。

可想而知，這場官司可有得打了。

「流浪漢怎麼打他們我不知道，不過臭小鬼要慶幸是流浪漢打他們，要是碰上以前的我啊，早就一拳一個送他們回老家啦——」老醫生酒酣耳熱之際，又花了半個鐘頭，述說他幾十年前，從十幾個小流氓手中救出一條狗的往事。

阿國歪著頭坐在一旁烤肉，他一直面露笑容，聽著老醫生和院長和其他同事們的談天，偶爾也插些話，但他的笑容看起來，就像是壞掉的機器人一樣僵硬。

他望望天色，應當快九點了，白天的時候他撥了一通電話給佳琪。

「嗯，我可能會晚一點到喔，今天我有點事要出去。」當時她是這麼回答的。

「沒關係，我會多烤點肉留著給妳，哈！」當時他是這麼回答的，雖然他笑得很苦澀。

阿國覺得這些日子，就像是做了一場短暫的夢，雖然美麗，但終究是夢，在醒來的時候，一切都消失無蹤，像是煙火、像是氣球泡泡。

「我要感謝很多人！」

寧老醫生高舉起酒杯，拉著他那幾十年老友，那現任的動物醫院院長的手說：「我感謝老白，在我離開之後，他幫我扛下了整間醫院，我閒閒在家裡躺著賺股東錢，他每天辛苦工作，我感謝他！」

「老寧，才三杯，你清醒點——」白院長哈哈笑著。「才剛剛出院，別明天又進去啦！」

「呸呸呸。」寶老太太在一旁猛搖手。

「哈，我才沒那麼虛，我進去三天就可以跑跑跳跳啦，我是故意住院住久一點的，這樣才能每天見到來探病的寶妹妹呀。」

「你真老不修。」寶老太太笑得樂不可支，她望著寧老醫生的模樣，當真彷彿一下子年輕了幾十歲。

「老醫生真的發情了……」肚皮這麼說。

「看得出來，汪吼。」瘋子答。

牠們又看了看阿國，只見阿國咧開嘴陪笑，笑得有些悲傷，瘋子和肚皮搖了搖頭，像是也有些失落，畢竟這段日子，牠們也十分努力了，牠們轉頭望向樹，癱在樹梢上的老大也懶洋洋地輕輕搖動尾巴，像是也覺得累了。

「瘋子，你覺得那位母醫生怎麼樣啊？」肚皮望著阿國身旁坐著的那位比阿國年長二十幾歲的女醫生，這麼問著瘋子。

「……」瘋子無精打采地說：「好像還滿不錯的，看起來很會摸肚子的樣子，你去撮合他們吧。」

「一起去啦。」肚皮猶豫地說。

「不要啦汪吼……」瘋子連垂在嘴巴外的舌頭都懶得收回嘴裡了。

「那我自己去。」

在阿國一開始來的時候，肚皮本來對阿國十分警戒，但牠很快地知道了阿國其實是個善良的好人，警戒變成了喜歡、變成了忠誠，牠不忍心見到阿國失魂落魄，就像不忍心見到佳琪傷心難過一樣。

牠搖著尾巴走到了阿國身邊，歪著頭思索該用哪一招來讓年近五十歲的女醫生和阿國講點話。

「我還要感謝！」寧老醫生眼明手快，一把拎起了肚皮：「可愛的小狗子肚皮，嗯……我要感謝牠什麼呢？嗯……讓我想一想！」老醫生當真拎著肚皮想了半分鐘，最後將肚皮放下，說：「等我想到了再講。」

「剛剛感謝的都是不重要的小角色。」寧老醫生哈哈大笑，牽起了寶老太太的手，大聲說：「在七夕這晚，我真正要感謝的人，是我未來的太太，寶妹妹——」

「這招你四十年前就用過啦！」白院長大笑著拍手，眾人歡呼起來。

「咖啡，你最聰明，你可不可以告訴我什麼是『七夕』啊？」籠子裡的阿呆突然這麼問。

「誰說咖啡聰明啦，怎麼不問我？」黑毛大聲地插嘴。

「好啊，那你說什麼是七夕？」阿呆說。

「我不想告訴你，我只想揍你！」黑毛咬著籠子，一副想出來揍阿呆的樣子。

「『KISI』，就是『去死』的意思，就是每年到了這一天，大家見了面，就會說『KISI、KISI』。」咖啡煞有其事地唬爛。

「啊？」阿呆不可置信地望著咖啡，說：「為什麼啊？為什麼人類會過這麼奇怪的節日啊？」

「我不怪你沒見識。」咖啡嘿嘿地笑著說：「你自己看看外頭，大部分男人旁邊都跟著一個女人，但也有些人，例如小醫生，他孤伶伶地一個人烤肉給大家吃，你說，他傷不傷心，KI不KISI啊？」

「是這樣嗎？」阿呆望著阿國，見到他失魂落魄的模樣，便擠呀擠地從頰囊裡推出了一枚葵瓜子，捧在手上說：「那我以後也留一點瓜嘰給小醫生好了，我也希望他每天都開開心心。」

「喂喂，小林，再拿點酒跟飲料過來。」白院長向坐在角落的阿國，揚了揚手上

的空杯子。

「喔……好！」阿國立時起身，踏過院子，走進客廳。

「小醫生，你進來是對的，外面是一國，裡面是一國，你不要出去了，跟我們一起KISI、KISI——」咖啡抓著籠子，拚命搖晃，牠像上次一樣扭頭擺手，又要跳舞了。

「小醫生，不要難過，佳琪小姐不喜歡你，你可以找別人！」黑毛大喊，他也衝刺起來，拚命奔跑，努力扒沙。

「小醫生，快過來，我的瓜嘰給你。」阿呆扭了扭屁股，又縮成一團球，展開來，捧出一枚瓜子，這是牠的新舞步。

「發財！發財！」博士也忽蹲忽站地揚動翅膀。

「對啊汪吼，外面在熱鬧，我們在裡面玩，不要理他們。」瘋子甩著舌頭跟在阿國背後，搖頭晃腦。

「老醫生發情了，都陪在老太太身邊，都不理我們，我們跟阿國玩。」肚皮也跟了進來，追著自己尾巴，轉起圈圈。

在這個七夕的夜晚，舞會又要開始了——

「啊——KISI啦——」咖啡嘰地尖叫一聲，又翻了個空翻，擺出了個帥氣姿勢，誇張地跳起舞來。

當然，牠們也像上次一樣，用阿國聽不懂的動物語言，唱起了歌，安慰起這個無精打采的大男孩。

小醫生 小醫生
不要難過不要哭
別人 KISS 你 KISI
我們陪著你 KISI
你永遠是我們的小醫生
我們永遠陪著你 KISI
佳琪小姐不要你
你跟我們一起 KISI
癩蝦蟆吃不到天鵝肉
可以吃母蝦蟆

或者跟我們一起 KISI KISI
每一年的這一天
讓我們 KISI KISI
每一年的每一天
我們都陪你 KISI KISI
KISI KISI
KISI KISI

從冰箱拿出了冰凍清酒、柳橙汁和生鮮食物的阿國，又無精打采地出了客廳，走向院子，繼續烤肉。

「他怎麼又出去啦？」

「怎麼不跟我們玩？」

「啊，我知道了，他還不認輸，他還想繼續喜歡佳琪。」

「佳琪又不在，佳琪很忙，根本不想理小醫生汪吼！」

「你又知道了，你 KISI 吧你！」

「啊！」肚皮沒有理會牠們的鬥嘴，牠見到了院子門邊那個推開門來的身影——佳琪提著一盒小點心進來了。

「佳琪！」肚皮高興地衝出院子，瘋子也緊跟著追出了院子，牠們圍在佳琪身邊繞圈圈。

「老醫生，恭喜你出院。」佳琪將小點心放在桌上，也找了個位置坐下。

「我差點忘了，我也要感謝佳琪才對。」寧老醫生嘴裡還塞著一塊烤肉，抓著佳琪的手站了起來，高高舉起，像是高票當選之後開始謝票一樣。「這位小女生一家，當了我十幾年的鄰居，每天來幫我澆花餵狗，這不感謝是不行了！」

「哈哈，老醫生又喝醉啦？」佳琪呵呵笑著，她知道寧老醫生好酒，酒過三巡胡言亂語起來，也是常見的事。

「喂，老寧，這裡的人你通通都感謝過，就是沒感謝那個幫你代班三個禮拜的阿國，你瞧不起人家還在實習是吧！」白院長哈哈大笑地向阿國招手，將阿國拉到了老醫生身邊，說：「這是我們醫院的生力軍，新一代的名醫！」

「對啊，我還在想阿國哪兒去了，原來一直窩在那邊不吭氣，來來來——」寧老醫生打了個嗝，也牽著阿國的手，大聲喊著：「感謝大家，這一次我老醫生真的要退

休啦——」

接著他神秘兮兮地哈哈笑了笑，放下阿國和佳琪的手，來到了寶老太太的身邊，呢喃說著：「其實呢，剛剛我感謝的都是些小角色，不重要，我現在要感謝的，才是最、最、最、最、最重要的——即將成為我的妻子的寶妹妹，來，抱一個！」

「唉呦，這把戲你剛剛已經玩過啦！」

「怎麼醉成這樣——」

在轟笑聲中，在七夕的月下，一群喝醉了的幾十歲老友，陪著老醫生玩起了結婚遊戲。

「這裡好像只有你清醒耶。」佳琪走到了阿國身邊，笑著遞給他一塊小蛋糕。

「這裡我最菜，我要負責烤肉、負責善後，寧老師跟白院長年紀都大了，喝成這樣，沒人看著不行吶……」阿國苦笑地接過蛋糕，問。「妳呢？今天玩得開心嗎？」

「嗯……」佳琪想了想，淡淡笑著說：「結果還算開心吧。」

「嗯……」阿國聽佳琪這麼說，心中閃過些許涼意，他還想問些什麼，但老醫生那兒有人嚷嚷了起來。「唉呦！有人吐啦，佳琪、阿國你們倆快幫忙拿條熱毛巾來——」

「喔，是！」阿國愣了愣，趕緊轉身往房裡走。

佳琪則趕往老醫生那方，東瞧瞧西看看，也不知道是誰吐了，老醫生則是朝她搧了搧手，說：「妳去幫忙阿國，多找點毛巾，多放些熱水，我們幾個老頭子需要很多熱毛巾。」

「嗯……」佳琪呆了呆，便也往屋裡去了。

「佳琪，妳來啦！」動物們呼喚著佳琪。「陪我們玩、陪我們玩——」

阿國在廁所裡放著熱水，跟著在一些準備當垃圾扔掉的雜物堆裡，翻找著堪用的毛巾，肚皮和瘋子搖頭晃腦地跟在後頭，也幫忙聞聞嗅嗅。

他們拿著熱毛巾走出客廳，來到院子時，老醫生和朋友們又像是沒事一樣地喝起了酒，聊著些政經時事、聊著一些名人養的寶貝動物。

「謝謝啦。」白院長接過一條毛巾，抹了抹臉。

「阿國——」寧老醫生站了起來，將半瓶清酒，遞給了阿國，望著他的眼睛說：「雖然我沒教你太多，不過你是老白最看好的新人，我才讓你來代我的班的，以後你要努力，知道嗎！」

「寧老師，我會的！」阿國點點頭，覺得有些感動。

老醫生拍了拍阿國的肩說：「我今天喝了這麼多，你只喝兩口，我很難相信你的誠意呀。」

「這……」阿國愣了愣，寶老太太將一碟烤好的肉遞給佳琪，笑著說：「小孩們去裡面玩，這邊讓我們大人聊天。」

「呃……」阿國望了佳琪一眼。

「唉。」佳琪苦笑了笑，端著盤子走進客廳，哼哼地對阿國說：「反正我家就在附近，你們通通醉了，我也可以幫你們叫車。」

「不會啦，我不會喝太多。」阿國笑著說。

「你不喝我叫老白開除你！」老醫生在他背後喊。

「聽到沒有，開除你！」白院長也這麼說，跟著是眾人一陣大笑。

「……」阿國和佳琪來到了客廳的沙發坐下，肚皮和瘋子左右跟了上來，跳在他們身上。

「七夕快樂。」阿國舉著一只盛著清酒的白瓷酒杯，向佳琪一敬。

「你也快樂。」佳琪微微一笑，先是輕輕啜了啜杯緣，讓唇沾了沾酒液，抿抿嘴，眉頭立刻皺成了一團，露出了嫌惡的表情。

「啊，妳不會喝酒啊？」阿國有些驚訝地問，他說：「不會喝的話不要勉強，寧老師是跟我們開玩笑的，我喝就好了。」

「我沒喝過酒。」佳琪苦笑地說：「不過今天我想試著喝看看。」她邊說，邊深深吸了一口氣，跟著又長長地呼出，一口將那小杯清酒，一飲而盡，她皺著眉頭抿嘴苦笑，跟著吐了吐舌頭，笑著說：「沒有想像中的難喝。」

「我還要。」佳琪邊說，邊拿起酒瓶，替自己又倒了一小杯，拿著杯子碰了碰阿國的杯子，說：「慶祝七夕。」跟著又喝去小半杯。

「看來妳真的很開心……」阿國慢慢喝去自己的酒，笑著問：「所以……現在你們又在一起了？」

「……」佳琪默然半晌，淡淡笑了笑。「他昨天來找我的時候，的確跟我提過復合的事，我想了一個晚上，決定今天去見他，但……我是去把貝殼還給他。」佳琪在喝了小半杯清酒之後，嘆了口氣。

「貝殼？」

「就是昨天你看到的那個小貝殼。」佳琪緩緩地說：「那是他送我的禮物，是我這兩年來，最寶貝的東西，那是他對我的承諾。

「雖然有段時間，我弄丟了小貝殼，但是小貝殼裡頭的承諾，卻是他親手撕毀的，之前他看上了新來的漂亮女同事，跟我提分手，那時候我聽見那個女生的聲音，她在他的家裡，現在想起來，他們其實已經在一起一段時間了吧。」佳琪苦笑地嘆了口氣。

「他對我說，他並不愛她，他說她不是他想要的真命天女，他想要的那個女孩，是像我一樣的女生。他說他會離開她，希望我能給他一點時間，讓他解決這件事。」

「……」阿國搖了搖頭，他當然知道這當下可不是插嘴的時機，但他還是忍不住說了：「妳……千萬別相信這種鬼話……呃……還是妳……已經答應他了？」

「老實說……昨天他來找我的時候，我差一點……就答應他了，如果他那個時候就要我給他一個答案，我說不定……不，我一定會答應他吧……」佳琪捏了捏肚皮的耳朵，繼續說：「他說要帶我回到那個地方，就是他給我小貝殼的那個地方，那天晚上，也是情人節，是西洋情人節。他說要在那個地方，鄭重地向我道歉，說要重新對我告白，說要讓我再感動一次，說要好好地補償我……

「我聽到的時候，好感動、好感動，就像是當初他給我小貝殼時一樣感動，如果

他那時候向我求婚，我可能也會答應吧……」佳琪說到這裡，突然噗哧笑了出來，她說：「但是當我回到了家，在夜裡睡不著的時候，突然之間想通了，我覺得我好笨，我什麼事都聽他的，我覺得他是最棒的，我好崇拜他，他說什麼我都好相信，甚至是……分手之後，我每天都好想他、好想他……所以……他看我，就像看著一個小孩子，他只是在哄我罷了，像是哄小孩一樣。他以為只要哄一哄我，再送我一個新的小貝殼、小花、小星星，我又會感動得哭個不停，把他當成生命中的唯一，對他百依百順……這或許是那個大眼睛無法給他的感覺……」

「妳把小貝殼還他，然後……」阿國試探地問。「正式單身了？」

「從他提分手那時開始，我就單身了，今天我只是拒絕了他的復合提議而已。」佳琪呵呵笑著，她將杯中剩餘的清酒喝盡，眼中閃動著淚光，茫然地說：「我不知道我做對了還是做錯了，但是我覺得……我應該不會後悔吧……」

「我認為妳的決定是正確的……」阿國端著清酒，看了看躁動起來的肚皮和瘋子，不解地問：「你們在幹嘛？」

肚皮和瘋子汪汪叫了起來，肚子追起自己的尾巴繞圈圈，還不時地用屁股頂著阿國，將阿國往佳琪那兒推；瘋子也吐著舌頭，用腦袋頂著佳琪的腰，將她往阿國那兒

推。

「我……我相信……不，我保證妳絕對不會後悔！」阿國呼了口氣，將手中的清酒一飲而盡，心臟噗通噗通地亂跳，他緩緩地伸手往屁股口袋摸，摸出了他那小信封，向佳琪遞去。「再祝妳一次七夕快樂！」

「咦？」佳琪呆了呆，她有些遲疑，接過了信封，打開，裡面是空的，她不解地望著阿國。

「啊！」阿國也傻住了，搶回了信封，仔細翻找，裡頭的小卡片不見了。

「肚皮——」老醫生的喊聲高高響起，肚皮反射性地跳下沙發，奔出院子，半分鐘後，又奔了回來，嘴上叼著的，就是阿國那張小卡片。

「喝！」阿國駭然地接過卡片，這才知道原來自己忙進忙出之際，小卡片早就從信封口掉了出來，不知讓誰給撿了去，必定讓外頭那些老頭叔叔太太傳閱過一輪以上了。

瘋子怪叫起來，張開嘴巴，和肚皮搶起那小卡片，牠呼嚕嚕地吠著：「你咬著什麼汪吼，給我！」

「別鬧！」肚皮氣呼呼地不肯鬆口，嗷嗷嚷嚷著：「別鬧啦，這是要給小醫生的。」

「我要，給我！」瘋子咬著小卡片的另一端，死不放。「汪吼……」

「喂喂……」阿國手忙腳亂，費了好大功夫，才從瘋子和肚皮口中，搶回了那被咬得破破爛爛的小卡片，將之塞回了信封裡，重新遞給佳琪。「這……本來裝在……裡面的……不知道為什麼……」

「快替小醫生加油！」肚皮汪汪叫了起來，牠又開始用屁股撞著阿國，瘋子也磨蹭起佳琪、博士高高展翅、烏龜大叔仰長了脖子、三隻倉鼠奮力起舞。

「……」佳琪有些不知所措，她像是想要講些什麼，但欲言又止，她再一次地接過了信封，打開來，取出了幾乎要斷成兩截的小卡片，她翻到了背面，只見到上頭的字跡被肚皮和瘋子咬得模糊不清。

「啊……卡片上面，其實只有一句話……」阿國吸了口氣，他對著佳琪說：「就是……上面寫『我可以用朋友或是同事以外的身分，和妳一起過情人節嗎？』」

「終於說出口啦，傻蛋！」動物們高聲歡呼了起來。

「好！」院子外也隱約傳來了老醫生等人的鼓掌聲。

「阿國……」佳琪深深吸了口氣，苦苦一笑，她落下了眼淚。「阿國……我當你是最好的朋友，才跟你說這些話的，我很謝謝你這段時間的照顧。

「我們……我們只當好朋友，不要當情人……好嗎？」佳琪將稀爛的小卡片，裝回信封，鄭重地遞回給阿國。

「……」動物們的歡呼聲瞬間停止，咖啡、黑毛和阿呆都像是被點了穴道般地僵直住了，博士猶自搧著翅膀卻喊不出聲，瘋子垂著的舌頭不敢吸回去，肚皮保持著叼住自己尾巴的姿勢一動也不動。

本來想要擠進來鼓掌的叔叔太太爺爺奶奶們此時像是在玩一二三木頭人那般地靜止下來。

本來領著小面具和小斑點、已經半隻腳跨進客廳、又想來個臨門一腳的老大，也停下了動作……跟著，牠轉過身，又帶著小面具跟小斑點跳回了樹上。

「……」阿國呆了好半晌，接回了那小信封，一面將小信封塞回屁股口袋，一面又替自己和佳琪倒了一小杯清酒，哈哈笑著說：「好朋友，我們乾杯。」

佳琪流著眼淚，微微笑著接過酒杯，這次她輕輕用唇沾著杯緣，喝得好淺好淺。

尖銳的一聲破空聲響，那是一記煙火，飛打上了天空，跟著轟隆炸開，絢麗的光

芒照亮了整個城市。跟著是更多的煙火打上天，四周都有人在慶祝七夕。

「放煙火啦，快來看煙火啊！」「好美啊！」「對對對，來看煙火、看煙火！」叔叔太太爺爺奶奶們吆喝著，全指向天空上的火花胡亂嚷嚷。

「好美……我們來看煙火。」阿國站了起來，走到門邊，指著遠方的火花，向天空舉杯。

「好！」佳琪也跟了上去，望著天空，哭著笑開了。「好漂亮……」

「……」咖啡嘰的一聲，還是做了個前滾翻，說：「還是要跳舞！」

動物們又動了起來，唱起瞎歌、跳著笨舞，牠們用牠們小小的腦袋瓜，分擔愛牠們的人的開心與悲傷，歡笑和眼淚——

小醫生別難過
兩天裡面死兩次
喝了酒不難過
假裝什麼話都沒聽見

我們還是支持你
我們永遠陪著你
加油加油繼續加油
總有一天變成大醫生

佳琪小姐也一樣
每一天都要開心
每一天快快樂樂
平平安安健健康康
甩了不成材的小醫生
跟最帥氣的瘋子哥結婚

「瘋子你別無恥了！」

「我哪有無恥，事實擺在眼前，小醫生輸給我了，佳琪小姐愛的是誰，結果很明顯汪吼！」瘋子甩了甩頭，躍到了佳琪腳邊亂竄，幸福地閉著眼睛、磨磨蹭蹭。

佳琪蹲了下來，一手抱起瘋子，一手抱起肚皮，她望著綻放在夜空中那一朵一朵、五顏六色的絢麗光花，任由點點淚水不停滴落在牠們的腦袋上。

不管最終能否實現，在這一刻，或是每一刻，又有好多好多的誓言，好多好多的承諾，像是煙火一樣地打上了空中，在人們的心中刻下了一些印記。

寧老醫生望了寶老太太一眼，摟過她，在她臉上親了個熱吻。

動物們繼續跳著、唱著——

寧記動物醫院
最棒 最棒
烏龜大叔 鳥博士
最棒 最棒
黑毛 咖啡 阿呆
最棒 最棒
肚皮 瘋子
最棒 最棒

寧記動物醫院

最棒 最棒

……

……

時間 10

「嘩——半年不見啦，佳琪變漂亮啦！」老醫生爽朗笑著，招呼著佳琪進門。

「老醫生，在這裡住得舒服嗎？」佳琪微微笑著，將一盒小糕餅，擺在了客廳的玻璃桌上。

「舒服得不得了啊，這個地方鳥語花香、冬暖夏涼，我住仙居、伴美人，過得跟神仙一樣啊！」老醫生哈哈大笑地大步走去摟了摟坐在一旁戴著老花眼鏡看報的寶老太太。

「又不正經啦……」寶老太太搖搖頭，也和佳琪打了個招呼，指了指後院：「要不要看看牠們，牠們想死你啦，一開始的時候，連飯都不吃了。」

「是喔。」佳琪點點頭，迫不及待地跟著老醫生往後院走，去年七夕的隔天，老醫生拉著寶老太太公證結婚，同時遷入了這位在偏僻郊區的新家。

這房子不新不舊、不大不小，兩個老人和一個外傭，住來也算悠閒了，老醫生將博士、魚和龜擺在書房裡，將阿呆、肚皮和瘋子都養在後院裡。

「啊！這是阿呆嗎？」佳琪愣了愣，看見後院一角擺了只大倉鼠籠子，裡頭那隻灰毛倉鼠正是阿呆，阿呆看起來比半年前老上許多，已經駝了背，身形消瘦不少，走起路來時也搖搖晃晃的。

「小姐……妳好眼熟喔……」

阿呆一時間竟沒認出佳琪，直到被佳琪捧出了籠子，窩在她掌心上，嗅到了她的氣味時，這才想起了佳琪，嘰嘰叫了兩聲，用遲緩的後腳和前腳推呀擠地，從嘴裡擠出一枚瓜子，放在佳琪手掌心上。「送佳琪一顆瓜嘰，願佳琪每天都快樂，開開心心……」

倉鼠的生命只有兩到三年，黑毛和咖啡，在那嚴寒冬天的時候，先後去世了，而年紀最小的阿呆，到了這春暖花開的時節，也已經變成了一隻老頭子鼠。

「阿呆還是一樣可愛。」佳琪有些感傷，將牠捧在手掌心上，摸了好久，跟著她聽見一陣急促的狗吠聲自遠而近地傳來，便將阿呆放回了籠子裡。

她轉身，急急奔來的，正是瘋子和肚皮。

在後頭急急追趕的是老醫生家的外傭，外傭氣喘吁吁地倚著牆，向老醫生告狀，抱怨在這散步過程中，肚皮和瘋子的頑皮事蹟。

「哈哈哈！」佳琪差一點讓撲上來的肚皮撞倒，肚皮的體型比起半年前要大了些，叫聲也低沉了些，瘋子倒是沒變太多，還是一樣垂著舌頭瘋瘋癲癲。

「好久沒見到佳琪了，大家都好想佳琪！」「黑毛跟咖啡，都想到死掉了汪吼。」牠們興奮地、雀躍地繞著佳琪轉，半年前牠們隨著老醫生搬來這個陌生的地方時，好多天都吃不下東西、好多天都在哭，牠們以為永遠也見不到佳琪了。

接著，佳琪隨著老醫生上書房去探望了博士和烏龜，博士依然滿口關於神秘學、超自然等東西，但是牠已經不說「發財」「看病」這類人話了，牠只不停地說「寶妹妹」「我愛妳呀」。

「唉呦喂呀，丟不丟人啊——」寶老太太聽見了書房裡傳出的博士說話聲，笑得連報紙都拿不穩了。

叮咚——

電鈴聲響起，外傭開了門。

走進來的，是一手提著兩大袋禮物，一手抱著老大的阿國。

「喔，你怎麼這麼慢啦——」和老醫生走出書房的佳琪，一見阿國，便皺著眉頭抱怨。

「我還要停車啊，而且老大路上看見野貓，就衝過去打架了啦，累死我了……」阿國滿頭大汗。

「啊！是那隻臭貓！」「是老大耶！」肚皮和瘋子見了老大被阿國抱著，可是訝異極了，老大以前從不讓佳琪以外的人抱，連老醫生都抱不住牠。

同時，更讓牠們訝異的是，老大的頸子上，竟有個造型可愛的小項圈，上頭還繫了個鈴鐺。

「兩隻蠢狗，好久不見。」老大打了個哈欠，優雅地跳下地來，走到了老醫生身邊，蹭了蹭老醫生的腿，逗得老醫生哈哈大笑。

「你……你怎麼跟小醫生變這麼要好啊？」「你脖子上那個不是項圈嗎？你竟然會戴項圈！」肚皮和瘋子不敢置信地望著老大。

「我以前不是說過，我願意讓佳琪做我的主人嗎？」老大這麼說，左右看了看，

選中一處看來十分舒服的沙發座位，躍了上去，懶洋洋地伏著。

「佳琪在我們這邊，剛剛抱你進來的是小醫生啊。」肚皮和瘋子瞪大了眼睛追問。

「他們現在是一對情人吶。」老大這麼說。

「什麼！」肚皮和瘋子訝異地問：「可是……那時候佳琪不是不愛小醫生嗎？」

「之後又愛了不行喔。」老大搖了搖尾巴，眼神看來已經沒有以往身為野貓頭目的那種犀利敏感，取而代之的是身為家貓的慵懶神態。「你們離開後的第三個月，他們就在一起了。」

「好奇妙喔！」「是怎麼發生的汪吼！」肚皮和瘋子驚訝地追問。

「怎麼發生？」老大打了個哈欠，隨口說著：「就那樣發生啊，我可不像你們那麼容易放棄，我繼續讓我的手下們進行神秘任務，讓他們每天透過電腦，用視訊聊天。」

「什麼神秘任務？還有什麼是『電腦』？什麼是『視訊』？」瘋子搖頭晃腦地問。

「小醫生那時候不是應該離開老醫生家了嗎？那個地方不是要賣給其他笨人類嗎？為什麼小醫生還可以偷偷跟佳琪小姐見面！他不停發情嗎？汪吼！」

「……」老大搖搖頭說：「由於你的智商，我沒辦法教懂你這些詞彙的意義，你

只要知道神通廣大的貓老大，讓他們在一起就行了。」

「不可能！不可能！」瘋子不服氣地說：「臭小醫生搶了我的佳琪小姐，就算他們在一起，也是我的功勞，是我打開水龍頭，種出了很多很多的貝殼的汪吼！」

「噢，說到那些貝殼啊……」老大像是想起了什麼似的，牠換了個姿勢，輕輕搖動著尾巴，說：「搬家那天，貨車把你們載走之後，小醫生繼續整理院子，整理出了那些貝殼，其中有一個貝殼特別漂亮，那是寶姊她們從海邊找到的貝殼，小醫生帶走了那個貝殼，一直到某一天——他把那個貝殼送給佳琪小姐，從那天起，他們就在一起了。」

老大倒不知道，阿國和佳琪正式交往的那一天，正是西洋情人節。

距離那個混雜了結束和開始、悲傷和喜悅的七夕那晚，已經是大半年之後了，在老大的堅持之下，大半年來，小面具等一干手下，仍然持續不懈地輪流裝病、裝怪異，牠們會搖搖晃晃地倒在佳琪門前或是窗邊，牠們會可憐兮兮地抱著佳琪的腳不放，牠們會發出奇怪的叫聲或是舉動，讓佳琪不得不每天用視訊向小醫生問診，有時候她會帶著小面具等貓到動物醫院求診，有時候則是阿國主動騎車趕來探看那些舉動怪異的

貓咪。

大半年裡，光是小面具，就被抽了三次血，驗了十幾次的大便，照過一次X光和腹部超音波檢查，算是鞠躬盡瘁了。

就連老大也親身下海，在某個清晨，將身子蜷成一團，縮在佳琪的窗邊，牠讓自己看起來像是個巨大的倉鼠，不論佳琪如何叫喚，牠一動也不動。

當然，牠在做出這樣的動作時，可是命令所有的嘍囉們退到了很遠很遠的地方。

那天，牠被佳琪帶往動物醫院，接受全身檢查，屁股挨了一針，癱軟倒在佳琪的懷裡。

一整天，牠要不就是窩在佳琪的懷裡，要不就是任由小醫生擺布，對牠進行各種檢查，儘管牠覺得受盡了屈辱，但也是牠第一次真心覺得小醫生按摩肚子的功力，確實挺有一套。

一直到佳琪將老大帶回家中，要將牠擺到窗外的窗台上，任牠離去時，牠才突然覺得牠和佳琪分不開了，牠不想當那個高傲的老大，牠不想打遍天下無敵手，牠只想要每天窩在佳琪的身邊，偶爾蹭蹭她的手。

牠想要有個家。

牠嗚嗚哭著，不停扒著窗戶，祈求佳琪讓牠進屋。

「沒辦法，強者的野心，是無法壓抑的。」老大緩緩地說：「我覺得應該要將自己的勢力，擴展到人類領域，除了很多貓手下之外，我認為應該收一些人類手下了。我願意讓佳琪小姐，做我的公主，讓小醫生，當我的大臣。」老大當然沒有對肚皮和瘋子誠實說出牠從野貓王變成家貓的真實過程，而只是簡單敘述了阿國和佳琪在一起的緣由。

情人節那天沒有夜景、沒有飾品、沒有紅酒和玫瑰。

他們在阿國的租屋處，享用著佳琪親手做的奶油燉飯。

他們使用的餐具，是鴿子寶姊拾回的漂亮的貝殼，阿國將之拆開，手工做成了一對湯匙。

沒有華麗的告白儀式，那對湯匙就是告白，佳琪早已明白誓言和承諾，是要身體力行地去實踐，而不只有美麗的表面功夫。

煙花再美，隨風一吹，終將煙消雲散。

「可惡耶！那是我的貝殼汪吼！」瘋子不甘心地亂叫，牠氣急敗壞地咬著阿國的褲管，嚷嚷叫著：「小醫生，你偷我種的貝殼，還偷我的佳琪小姐……啊……不要摸我肚子，汪吼汪汪……」

「瘋子還是一樣神經病啊。」阿國笑著抱起瘋子，搓揉起牠的肚子。

「你才神經病！」瘋子吐著舌頭反駁，一面怪叫：「小醫生……你揉肚子的功力又進步了……你不要以為這樣我就怕了你汪吼……」

肚皮倒是有些好奇地問：「對了老大，你住佳琪家裡，那你的手下跟你的地盤怎麼辦？」

「我後來把頭目的位置讓給小面具了，我現在是精神領袖，偶爾出門晃晃，大家還是很尊敬我。」老大擺出一副理所當然的模樣。

「什麼！」

「小面具，牠也能當頭目啊！」

「別小看小面具，牠現在很強壯了，牠一個可以打昏你們兩個。」老大望了望肚皮，說：「不過你也長大不少。」

「當然啊，我現在很厲害了，就算是你也不見得能打得贏我。」肚皮得意地說。

「我是來作客的，不是來欺負小狗的，有沒有吃的啊，沒東西招待客人嗎？」老大聳聳肩，翻了個滾，又打了個超大的哈欠，跟著腦袋倚著椅臂，唏哩呼嚕地打起了瞌睡。

春天的風吹來格外宜人，伴隨著一陣一陣的水餃香味。

「吃飯囉。」外傭捧著一大盤水餃上桌。餐桌上，佳琪和阿國輪流說著這段時間老醫生舊家附近發生的點點滴滴，和一些較為稀奇的動物病例，說到以前阿國替老醫生代班那段時間，咖啡、黑毛、肚皮等那些奇特動作。

聊到七夕那晚阿國的尷尬窘狀，老醫生和寶老太太不禁都開懷地笑了。

佳琪也笑得燦爛又開心，連嘴巴都忘了掩，一面嚼著水餃，一面說著那時候的趣事。

肚皮跟瘋子，見到了佳琪那熟悉的笑容，可也是打從心底替佳琪感到開心，而老大呢，或許是見得多了，牠沒表示什麼，而是伏在沙發上睡得唏哩呼嚕，連肚子都露了出來。

「牠真的完全變成家貓了耶……」

「汪吼……」

「你要不要試著去打牠一拳，說不定老大又會恢復從前的氣魄喔。」

「KISI 啦汪吼！」

The End

後記

這是篇有趣的故事，我所謂的有趣，其實是指寫作過程本身。

我有蒐集各類圖片的習慣，尤其是動物圖片，這篇故事的原始念頭，是來自於一些可愛的動物圖片。

在某一年的偶然之下，我發現了在千百張可愛圖片中的某幾張，似乎具有一種共通點，像是把頭埋在罐子裡的小狗、把頭埋在拖鞋裡的小狗、把頭埋在鞋子裡的貓等等……

我覺得那幾張圖片裡的動物，看起來就像是在挖掘尋找什麼東西一樣，於是這篇故事的最原始的概念──「尋找失物」，便這麼誕生出來了。

在最初的時候，這個題材本來設計成要畫成繪本的題材，但我的繪畫計畫進展太緩慢了，於是在決定該挑哪篇愛情題材來寫作時，我挑中了這一篇題材。

這篇故事，應該是我寫作至今，「最不奇幻」的一篇故事了，當然，這篇故事仍然不夠「純愛」，我在其中加入了擬人化的動物視角，這當然跟我自己的興趣有關，我喜歡動物，在我以往寫作的故事當中，出現過各式各樣的動物，以及許許多多具有類似動物行為模式的角色。

當然這樣的方向，讓我在一開始寫作這篇故事時，傷透了腦筋，描述一隻正常的狗的一舉一動，跟描述一隻狗擬人化地說話，是不太相同的。

迪士尼動畫裡的擬人化動物，和西遊記裡的擬人化精怪，言行舉止也差異甚大，那麼奇幻小說裡會說話的狗，和愛情小說裡會說話的狗，該有什麼樣子的差異呢？

一直到寫作的最後，我仍然無法具體地說出兩者之間的差別，但我感覺是有差別的，我只能在寫作的過程當中反覆修正台詞或是一些行為模式，以避免過度的擬人化而失去了真實感。

當然實際的成果如何，那或許人人有不同的感受，但當我寫完之後，是感到相當滿足的，就像是認識了許多朋友，例如那樸實乖巧的肚皮、瘋瘋癲癲的瘋子、驕傲頑強的老大、暴躁易怒的黑毛、呆頭呆腦的阿呆、伶牙俐齒的咖啡、妄想症的博士等……

而除了動物的部分，其餘的寫作過程，我也碰到了許多在以往寫作奇幻故事時所沒有遭遇到的瓶頸，例如敘述風格、例如小橋段鋪陳等等……

在事件和事件之間的銜接上，我必須盡量地隱忍且捨棄在寫作奇幻故事時偏好的那種激烈和奇遇，較為側重生活化和真實感（其實還是忍不住加入了一些激烈的橋段，例如老大率眾替斑點報仇這樣的仿武俠橋段，摻雜在愛情小說裡，其實還滿有種特殊氣氛的）。

最後讓我們將話題導回愛情。

比起以往我所寫作的故事，這篇故事的女主角佳琪顯然沒有那麼多令讀者「喜歡」的特質，她沒有翩翩的果斷，她沒有貝小路的機靈，她沒有暖暖的天真和灑脫，她沒有天希的強悍。

她更像是個普通人，一個平凡的女大學生。

一個被愛情蒙蔽了眼睛的傻瓜女生。

「拒絕偉志的復合要求」這樣的結果究竟是好還是不好，在現實中或許很難講，或許會有無限的想像空間和更多的可能性。但至少，這是佳琪在和偉志相處的日子裡，最自主、最深思熟慮、最沒有唯唯諾諾、最不被牽著鼻子走的一個決定了。

至少那是個勇敢的決定。

所以我非給她一個好結局不可。

當然，在書末的好結局之後的故事，那就留給阿國和佳琪，自己去努力奮鬥了，千萬別輸給了浪漫老寧跟寶太太啦。

而在最後的最後，我得私心地再次重申一個倉鼠小常識：

寵物倉鼠大多是獨居動物，一個籠子裡面只能夠養一隻。

同籠飼養的結果，就是變成屍塊，或是繁殖出一堆之後，變成了更多屍塊。

習慣獨居的倉鼠並不會感到寂寞，懶惰的主人們可以放棄這個為了消除內心的不安感而自我幻想出來的合籠藉口了。

當然更不用去找一些「我同學的姊姊養的一窩鼠都相安無事」或是「我養到現在牠們都沒打架」之類的理由來辯駁些什麼。特例當然不能視作常態，拿把左輪手槍拚俄羅斯輪盤，開一槍也只有六分之一的機率會中彈，我相信沒有人願意嘗試。

若真心愛你的寵物，別說六分之一，就是六十分之一的致死率，你也會盡力去避免了。

怕牠寂寞，卻不怕牠的身體被活生生地撕裂、啃噬，被咬掉了腳或是手？

捫心自問，這說得通嗎？

而除了倉鼠，對待任何寵物，也應該是一樣。

讓我們回顧一下寧老醫生的話——

「每一隻寵物，都不是自己偷溜進主人家裡，然後兇巴巴地威脅主人養牠一輩子，而是那些主人們覺得好玩、覺得可愛、覺得寂寞甚至是想要泡妞把馬子，而將那些動物帶入了家裡。很多動物因為這些理由，被帶離了故鄉，帶到很遠的地方，住在小小的籠子裡，一代一代地人工繁殖下去。當你決定要養牠們、當牠

們的主人的時候，你除了每天看看牠們、跟牠們玩之外，還有義務和責任，要使牠們過得舒適快樂，這是好主人跟壞主人的差別。」

by 星子

星子故事集 02

尋找幸福的，1/2

國家圖書館出版品預行編目資料

尋找幸福的，1/2 ／星子 著. 一初版. 一
臺北市：春天出版國際，2011. 09
冊；　公分. 一（星子故事集；02）
ISBN 978-986-6345-92-0（平裝）

857.7　　100014253

ISBN 978-986-6345-92-0
Printed in Taiwan

作者　星子
封面繪圖　Chiya
封面設計　三石設計
內頁編排　三石設計
總編輯　莊宜勳
編輯　施怡年

發行人　蘇彥誠
出版者　春天出版國際文化有限公司
地址　台北市忠孝東路四段303號4樓之一
電話　02-2721-9302
傳真　02-2721-9674
E-mail　frank.spring@msa.hinet.net
網址　http://www.bookspring.com.tw
部落格　http://blog.pixnet.net/bookspring
郵政帳號　19705538
戶名　春天出版國際文化有限公司
法律顧問　蕭顯忠律師事務所
出版日期　二〇一一年九月初版
定價　180元

總經銷　楨德圖書事業有限公司
地址　台北縣新店市復興路45號3樓
電話　02-2219-2839
傳真　02-8667-2510

印刷所　鴻霖印刷傳媒事業有限公司